Title of the original edition: Más allá de la broma
© Maite Carranza y Júlia Prats, 2023
This Korean edition is arranged through Greenbook Agency, South Korea.
All rights reserved.
Korean Translation copyright ⓒ 2026, Ggumsum

이 책의 한국어판 저작권과 판권은 그린북 에이전시를 통한 권리자와의 독점 계약으로 도서출판 꿈꾸는섬에 있습니다. 저작권법에 의해 한국 내에서 보호를 받는 저작물이므로 무단 전재와 무단 복제, 전송, 배포 등을 금합니다.

마이테 카란사·훌리아 프라츠 지음

김정하 옮김

치외농담구역

차례

제1부	7
제2부	63
제3부	177

제 1 부

일러두기
독자의 이해를 돕기 위해 한국의 학제에 맞춰
등장 인물들의 학년을 표기했습니다.

1장
말레나

 말레나는 복도에서 근처로 다가오는 걸음 소리를 듣고 달려가 가장 가까운 화장실로 숨어들었다. 공간이 너무 좁아 뚜껑을 덮은 변기 위에 앉아야 했다. 숨이 막힐 지경이었다. 낙서로 얼룩덜룩하고 페인트도 벗겨진 문이 코를 짓뭉갤 거리에 있었다.

 밖에서 들려오는 소리에 말레나는 숨을 참았다. 2학년 여학생 몇이 시끌벅적하게 화장실에 들어왔다. 쉬지 않고 떠들어대면서, 아무것도 아닌 일에 깔깔대고 웃느라 미친 듯이 내는 소음이 닭장에서 나는 소리 같았다.

 말레나는 아이들이 핸드드라이어에 손을 말리는 틈을 타 가지고 온 샌드위치의 포장을 풀었다. 구겨진 은박지가 부스락거리는 소리는 뜨거운 바람이 윙윙거리며 나오는 소리와 비명이라도 지르는 듯한 2학년 학생들의 신경질적이고 날카로운 대화 소리에 묻혔다.

말레나가 자기만의 성지를 잃어버린 건 겨우 얼마 전의 일이다. 2층에 있는 장애인 화장실로, 말레나가 시끌벅적한 쉬는 시간에 피난처로 사용해온 깨끗하고 널찍하고 밝은 자그마한 천국이었다. 그런데 학교에서 유일한 진짜 장애인인 미리암이 말레나를 따라 나와 소동을 일으키는 바람에 그 작은 은신처가 사라지고 말았다. 말레나는 미리암과 이야기를 나누며 왜 자기가 장애인 화장실에 들어가야 하는지 이유를 설명하려 했지만 소용없었다. 말레나에게는 사느냐 죽느냐의 문제다. 그러나 두 다리도 멀쩡하면서 혜택까지 누리려 한다는 미리암의 비난에 다른 친구들이 동조했다. "말레나가 미리암의 변기를 빼앗았다.", "말레나는 장애인을 괴롭히는 비열한 인간이다."라는 말들이 떠돌더니 하루아침에 교내 여론이 등을 돌렸다. 말레나는 친구들과 어울리지 못하는 멍청이라는 평에 이어 이제 가엾은 장애인의 권리를 빼앗아 자길 위해 쓰는 인간 취급을 받게 되었다. 이 얼마나 부당한 일인가!

일이 이쯤 되자 말레나는 이제 비겁한 친구들이 뭐라 생각하든 신경을 껐다. 하지만 자신만의 안전 기지를 잃은 건 너무나도 마음이 아팠다. **안전 기지**, 이 말은 상담 선생님이 붙여준 이름이다. 부모님은 말레나의 자존감 문제를 해결한다며 화요일마다 상담 선생님을 만나게 했다.

말레나는 샌드위치를 크게 한입 베어 물었다. 자존감엔 문제가 없다! 그저 청소년 평균보다 말레나의 몸무게가 조금 더 나갈 뿐이다. 말레나는 통통하게 태어난 몸을 전혀 문젯거리로 여기지 않았다. 라라와 그 패거리들, 그러니까 미겔과 라울을 더해 학교를 주름잡는 삼총사에게 그녀의 살이 거슬리기 전까지는 별문제 없이 지내왔다. 그런데 갑자기 라라가 말레나를 뚱보라고 부른 순간부터 말레나는 친구도 운동장도 모두 잃었다. 홀로 화장실 변기 칸에 숨어 쉬는 시간을 보내면서, 종이 울려 교실로 돌아갈 시간을 알려주는 순간이 올 때까지 분초를 세며 기다렸다.

2학년 여학생들이 화장실에서 나갔다. 말레나는 어머니가 체중 조절용으로 준비해준, 소금도 오일도 들어가지 않은 저지방 오리고기 샌드위치를 단조롭게 씹었다. '말레나의 적응 문제'를 해결한다며 학교에서 선생님들과 이야기를 나눈 어머니가 식단 관리를 하라고 명령한 날, 말레나는 필요 없다고 한참을 아우성쳤다. 다이어트를 하고 싶지도 않았고 날씬해지고 싶지도 않았다. 그 두 가지를 다 강요받으니 정말이지 너무나도 화가 났다. 뚱뚱한 것은 문제가 아니다. 그건 학교의 스타 삼총사가 먼저 말레나를 희생양으로 선택한 뒤에 괴롭힘을 위해 붙인 구실일 뿐이다. 설상가상으로 마치 그 상황이 말레나의 책임이기라도 하다는 듯, 어머니는 말레나에게 다이어트를 시켰다. 뚱뚱한 것이 그들의 놀림을 정당화시키는 커다란 잘못이라도 되는 것처럼 말이다.

코를 누를 듯 가까운 문의 낙서가 눈에 들어와 빵이 목에 걸렸다. 누군가가 커다랗게 "고래 말레나 MALENA BALLENA"라고 써놓았다. 바로 옆에는 고래를 그리려고 했다가 밤알로 끝난 그림이 있었다. 형편없는 졸작이지만 상처받기에는 충분하다. 말레나의 자존감은 크게 한 대 얻어맞았다. 부모님이 그렇게 많은 돈을 들인 자존감이 말이다.

똑, 똑, 똑!

누군가 집요하게 문을 두드렸다. 말레나는 바닥에서 발을 들어 재빨리 변기 위로 올리고 안에 아무도 없는 듯 보이려고 했다. 그러나 늦었다.

"있는 거 알아! 당장 거기서 나와. 담배 피우나?"

순찰 선생님의 무서운 목소리가 들렸다. 대학 입시를

앞둔 여학생들이 쉬는 시간에 화장실에서 담배를 피우다 발각된 후로, 선생님들은 담배에 대한 강박증이 생겨서 쉬는 시간에 학생들이 모두 운동장에 나가도록 했다. 그래야 통제가 쉬웠기 때문이다.

말레나는 하는 수 없이 문을 열고 고개를 숙인 채 나왔다. 순찰 교사인 하비 선생님은 그녀와 교대하듯 칸에 들어가 마약을 찾는 경찰견처럼 끈덕지게 화장실에서 냄새를 맡더니, 이윽고 말레나가 담배를 피우지 않았다는 사실을 실망한 듯 인정했다.

"자, 운동장에 나가서 맑은 공기를 쏘여라."

선생님이 대단한 호의라도 베푸는 것처럼 관대하게 운동장 쪽을 가리키면서 말했다.

그는 미소를 지으며 말레나를 놓아주었다. 규칙을 위반했는데도 벌을 주지 않고 보내주었다며 틀림없이 자기를 마음씨 좋은 선생님이라고 생각할 것이다. 그러나 차라리 벌을 받는 편이 낫다. 왜냐하면 선생님은 말레나를 해방시킨 게 아니라 사자 우리에 던진 것이기 때문이다.

복도로 나가자마자 종이 울렸다. 천상의 음악처럼 들리는 소리였다. 말레나는 축하하기 위해 숨을 크게 들이마시고 폐에 산소를 가득 채웠다. 또 한 번의 아침을 버텨

냈다. 서두른다면 일당들의 눈에 띄기 전에 교실에 도착할 시간이 있었다.

그러나 그날은 행운의 동전이 자꾸만 뒷면으로 던져지는 날이었다. 마주치는 것을 피할 수 있는 구역으로 들어가기 몇 걸음 전 지긋지긋한 삼총사가 복도 끝에서 나타났다. 제일 먼저 라라의 완벽한 금발 머리에서 반짝이는 광채가 말레나의 눈에 들어왔다.

라라였다. 운영하는 유튜브 채널에서의 이름으로는 '달콤라라'다. 유튜버인 라라는 유명 인사여서 그녀를 숭배하며 그녀와 셀카를 찍기 위해 교문에서 나올 때를 기다리는 팬들의 부대까지 있었다. 그러나 라라는 '달콤'이라는 말과는 전혀 어떤 관계도 없는 아이다. 달콤라라는 잔인하고 자기밖에 모르는 독재자다.

잘생겼지만 우쭐거리기 일쑤인 라라의 남자 친구 미겔과, 미겔의 가장 친한 친구이자 무식한 짐승 같은 라울이 몇 걸음 뒤에서 마치 라라의 호위무사라도 되는 듯 라라를 따라오고 있었다.

말레나는 마주치지 않기 위해 뒤로 돌아서 달려갈까 생각했다. 그러나 그러기에는 이미 늦었다. 말레나를 본 라라는 뭔가 나쁜 짓을 예고하는 사악한 미소를 머금고 있었다. 말레나는 온몸이 굳은 채, 음주 운전자가 모는 트럭이 브레이크도 없이 달려오는 것을 기다리고 선 듯한 운명에 자신을 맡겼다. 참혹한 운명이었지만 용감하게 부딪히는 수밖에 없다.

라라가 말했다.

"아! 여기 누가 있네?"

이제 무척 가까이에 왔다. 라라는 거의 코앞에 있었다. 말레나는 눈을 감고 최악의 상황을 생각하면서 주먹을 힘껏 쥐었다. 입을 다물고 속으로 숫자를 셌다. 하나…… 둘…… 셋……. 그런데…… 아무 일도 없었다.

놀랍게도 일당은 마치 그녀가 그 자리에 없다는 듯 무시하고 옆을 지나쳤다. 말레나는 순간 의심했다. 내가 투명 인간이 되었나?

"이게 누구야, 얼간이 알레호^{Alejo Pendejo} 아니야!"

금수 같은 라울이 소리쳤다.

말레나가 무슨 일인가 돌아보고서야 뭘 착각했는지 깨달았다. 투명 인간이 된 것이 아니라 누가 자신을 대체한 것이다. 이 양아치들에게는 따끈따끈한 새 먹잇감이 더 달콤하게 보인 모양이다. 몇 주 전에 전학 온 새로운 남학생, 알레호 말이다.

"이게 네 폰이야? 내가 좀 써도 돼?"

미겔이 불쑥 말했다. 알레호가 입을 열기도 전에 미겔이 폰을 빼앗더니 연극을 하듯 과장된 목소리와 조롱하는 몸짓으로 메시지를 읽기 시작했다.

"'사랑하는 알레호야! 아침 식사를 준비해 놓았단다. 겉옷도 꺼내 놨고. 춥지 않게 잘 챙겨 입고 나가!'"

알레호는 토마토처럼 얼굴이 빨개져서 폰을 되찾으려고 했다. 그러나 머리 하나는 더 큰 미겔이 팔을 들어 올리는 바람에 몇 번이고 껑충껑충 뛰기만 해야 했다. 그는 우스꽝스러워 보이기만 하고 폰은 찾지 못했다. 삼총사는 신이 나서 미겔이 한 일을 칭송했다.

"귀여운 얼간이! 얘 엄마가 살가죽◎을 따뜻하게 해주라네."

라라가 즉흥시를 읊듯이 운율에 맞춰 비웃었다.

라라는 무척 비뚤어진 성품의 소유자로 독창적인 방식으로 남을 모욕 주는 데에 아주 특별한 재능을 가진 아이였다. 그녀는 놀랄 만큼 자연스럽게 운율에 맞는 별명

◎ 살가죽Pellejo의 발음은 페예호로, 얼간이Pendejo의 발음 펜데호와 비슷하다.

을 떠올려냈다. '고래 말레나(말레나 바예나)'라는 요란한 별명도 라라가 지었고 '얼간이 알레호(알레호 펜데호)'라는 별명도 틀림없는 라라의 발명품이었다.

 말레나는 안도의 한숨을 내쉬는 자신이 부끄러웠다. 이제 자신은 쟤들의 공격 대상이 아니다. 이제 평범한 여학생으로 돌아가는 것이다……. 자유로워지는 것이다…….

 그런데 왜 자기 대신 알레호를 선택했는지 말레나는 이해할 수 없었다. 그럴 이유가 없다. 물론 말레나에게도 아무런 이유가 없었다. 하지만 뚱뚱하다는 건 남을 괴롭히는 데 특화된 사람들의 망가진 신경 세포를 흥분시킬 만큼 튀는 특성이라는 사실을 인정했던 터였다.

 반대로 알레호에게선 그들의 갑작스러운 증오를 설명할 만한 어떤 이유를 찾을 수 없었다. 사실 알레호는 그들과 같은 무리에 들 수도 있는 아이다. 잘생기고 건강하고 운동도 잘하고 친절하고 모범생이다.

 "안녕! 괜찮아?"

 등 뒤에서 다정한 목소리가 들렸다.

 말레나는 잠시 눈앞의 광경에서 눈을 돌렸다. 파울라가 아주 커다란 밤색 눈을 동그랗게 뜨고 걱정스럽게 말레나를 바라보고 있었다.

　말레나는 곧바로 파울라를 안심시키며 대답했다.

　"괜찮아······. 오늘은 아무 짓도 안 했어. 그냥 내버려 뒀어."

　"이제야 그만두나······."

　파울라가 푸념했다.

　파울라는 어렸을 때부터 라라와 가장 친한 친구였다. 하지만 둘에게는 공통점이 전혀 없었다. 파울라는 예의 바르고 다정했고······ 그리고 평범했다. 또한 아무와도 거리낌 없이 잘 지냈다. 심지어는 라라의 피해자인 '고래 말레나' 같은 애들과도 잘 지냈다. 그럼에도 파울라는 라라와의 관계를 끊지는 않았다. 아무도 파울라와 교내 인기인 삼총사 사이의 그 이상한 관계를 이해하지 못했다. 말레나가 파울라에게 그들과 친구인지 아닌지 물었을 때 파울라는 타고난 꾸밈없는 태도로 어깨를 으쓱이고는 대답하기 쉽지 않다고, 라라가 보이는 것과는 다른 아이라고 말하면서 피했다.

　말레나는 파울라의 대답이 너무 뻔한 말이라고 생각했다. 이 도시에 보이는 그대로인 청소년은 아무도 없다. 모두들 자기 자신을 숨기고, 무언가를 연기한다. 하지만 라라의 문제는 어때 보이는지가 아니라 무슨 일을 하는가에 있었다. 파울라는 선을 넘는 상황이 벌어지면 개입하기도 했지만 보통은 거리를 두었다. 말레나가 판단하기로는 그건 공범이나 마찬가지다.

그래도 파울라는 마음에 드는 아이였다. 파울라는 누구와도 사이가 좋고 누구와도 문제를 일으키지 않았다. 친구들의 이야기를 잘 듣고 웃으면서 마음을 사고 믿음을 주었다.

"진짜 이상한 느낌이었어. 언제나처럼 골탕 먹일 거라고 생각했거든. 그런데 옆을 그냥 지나가더라……. 마치 내가 투명 인간이라도 된 듯이. 이해해?"

"알아. 라라가 표적을 바꿀 때였나 봐. 그래야 지루하지 않으니까."

"오늘 다시 태어난 기분이야."

"끝나서 기쁘네."

"나도 물론 기쁜데, 새롭게 표적이 된 애 때문에 마음이 아파."

파울라도 공감하며 한숨을 쉬었다.

"알레호. 불쌍한 알레호……."

2장
알레호

석 달 후

알레호는 탈의실의 샤워기 아래에서 지나치게 오랜 시간을 보내고 있었다. 손가락이 건포도처럼 주름진 것만 봐도 알 수 있다. 체육 시간에 흘린 땀과 먼지는 이미 깨끗하게 씻겨나갔다. 그러나 샤워실에서 나갔을 때 미겔과 라울이 탈의실에 없기를 바라는 마음에 계속 물을 틀고 버텼다. 마지막 카드다. 숨는 것. 매일매일 이 일진들이 공격을 퍼부으니 아무도 그를 돕지 않으리라는 건 명백했다. 우군이 한 사람도 없었다.

알레호는 이해할 수 없었다. 왜 날 목표로 삼지? 이유를 도저히 알 수가 없는 것이, 그는 행동이 굼뜨지도 않았고 친구들과의 사이에 문제가 있던 적도 없었다. 중학교 3학년 때까지 성적도 좋았다. 친구도 여럿이고 운동도 잘했다. 그런데 지난가을 모든 것이 바뀌었다. 엄마가 다른 도시에 있는 은행 지점으로 발령받은 순간부터였다. 하루 아침에 세상이 뒤집혔다. 그는 새로운 학교와 새로운 집, 심지어는 '알레호 펜데호'라는 새로운 이름에 적응해야 했다.

그 이름은 매일 아침 학교에 도착하면 듣는 노래가 되었다. 그건 지옥으로의 환영 인사였다. 수업과 수업 사이에 복도를 지나갈 때면 들려오는 배경 음악이었고 집으로 돌아갈 때 역시 들리는 작별 인사였다. 그의 새로운 삶의 사운드트랙이었다.

펜데호, 즉 '얼간이'라는 별명은 학교에서 가장 인기 있는 여학생인 라라의 작품이었다. 곧이어 라라의 남자친구 미겔과 미겔의 친구이며 폭력적인 라울이 놀림에 동참하기 시작하더니 농담은 금세 수위를 높여 다른 차원이 되었다. 알레호의 집 음성 사서함에 메시지를 남기기도 했고 학교 담벼락에 낙서를 써놓기도 했다. 일단 학교를 휘두르는 삼총사가 그를 희생양으로 삼자 학교 전체가 가담했다. 석 달이 지난 뒤에는 모두들 그의 이름이 아예 '얼간이'인 줄 알았고 아무도 그의 진짜 이름을 몰랐다.

아, 파울라만 빼고 말이다.

파울라는 다수에 휩쓸리지 않았다. 독립적이고 특별한 아이였다. 파울라만이 반에서 유일하게 그를 이름으로 불렀다. "안녕, 알레호."라고 인사할 때 노래하듯이 부드럽게 '호' 발음을 하며 불러주어서 몸에 전율이 흐르고 가슴이 울렁거릴 정도였다.

그는 파울라가 정말 좋았다. 파울라가 바라보는 눈빛, 수학 문제가 잘 풀리지 않을 때 볼펜을 깨무는 모습, 가방을 완전히 닫지 않아서 언제라도 책을 잃어버릴 것 같은 모습, 그리고 그의 이름을 한 글자 한 글자 정확하게 발음해주는 태도 등 파울라의 모든 것이 좋았다.

수건을 찾을 수 없어서 샤워실에서 맨몸으로 나왔을 때 알레호는 사방을 살펴보고 안도했다. 계획이 맞아떨어졌다. 미겔과 라울은 이미 없었다. 다른 누구보다 먼저 탈의실에서 나간 것이다. 그런데 바로 그래서 의심이 들었다. 그들만 안 보인다는 것이 수상했다. 갑자기 그는 남은 친구들이 비웃는 표정을 하고 그가 구경거리라도 된 듯 눈을 떼지 못한다는 사실을 알아차렸다. 무슨 일이지? 알레호는 옷걸이 쪽에 도착하자마자 끔찍한 사태가 일어났음을 알았다. 옷도 수건도 흔적조차 없었다. 당황하는 그의 얼굴을 본 친구들은 더 이상 참지 않고 신나게 웃음을 터뜨렸다. 알레호는 깨달았다. 미겔과 라울이 옷을 갖고 달아났다. 그는 실오라기 하나 없는 맨몸이었다.

아니야, 아니야, 아니야, 이게 현실일 리 없어! 분명히 꿈을 꾸는 거다. 하나도 특별할 것 없는 악몽 말이다. 어렸을 때부터 수없이 꾸었던 진부한 악몽을 다시 꾸는 것뿐이다.

알레호는 아파서 비명이 절로 나올 때까지 자기 몸을 꼬집었다. 그러자 친구들이 더 웃었다. 꿈이 아니었다. 절망에 빠진 알레호는 누구든 그의 편이 되어주길 바라며 친구들에게 애원했다.

"누구 나한테 옷을 좀 줄 수 있어? 뭐든 좋아, 재킷이나 팬티나 뭐라도……."

그러나 비겁한 친구들은 고개를 숙이고 시선을 피했다. 아무도 교내 인기인들의 장난에 감히 끼어들지 못했다. 그들의 공포 통치는 너무나도 무시무시해서 모두들 벌벌 떠는 터였다.

희망을 잃은 알레호는 단념하고 그들이 훔치는 걸 잊어버린 유일한 물건을 집었다. 챙이 좁은 야구 모자였다.

그는 엉거주춤하게 앞을 가리고 엉덩이를 드러낸 채 탈의실에서 나왔다. 문을 닫기 전 비겁한 반 친구들에게 "겁쟁이들!" 하고 소리치자 조금 기분이 나아졌다.

그러나 만족감은 오래 가지 못했다. 학년을 가리지 않고 복도에 모인 학생들이 손가락질을 하며 그를 조롱했다. 미겔과 라울은 잔혹했다. 옷을 빼앗아 알레호가 벌거벗고 복도로 나오게 한 데서 만족하지 않고, 큰 소리로 학생들을 전부 불러내어 그가 망신당하는 장면을 보도록 한 것이다.

둘은 웃음을 감추지 않은 채 무리의 첫 번째 줄에 있었다. 라울이 그를 가리키며 신나게 소리쳤다.

"얼간이 엉덩이가 다 보이네!"

알레호에게는 바보 같은 라울이 만들어낸 정말 멍청한 말로 들렸다. 그러나 나머지 학생들에게는 멋지게 들렸는지 모두들 따라 했다. 곧바로 "얼간이 엉덩이가 다 보이네! 얼간이 엉덩이가 다 보이네!"라고 부르는 노랫소리가 그를 에워쌌다.

알레호는 부끄러움과 분노로 얼굴이 시뻘게져서 모욕감에 휩싸여 아이들 사이를 지나가다 '달콤라라'를 보았다. 라라는 손가락질하고 노래 부르는 대신 만족스러운 미소를 짓고 있었다. 그녀가 꾸민 일이다. 분명하다. 언제나처럼 라라가 명령을 하고 시종들이 복종한 것이다. 라라에게 증오의 감정이 솟구쳤다.

알레호가 어디를 둘러보아도 그를 가리키는 손가락들과 흉측하게 웃음을 터뜨리느라 벌어진 입들, 아첨꾼들의 작고 잔인한 눈밖에 보이지 않았다. 갑자기 군중의 소란 속에서 분명히 그의 이름을 부르는 소리가 들렸다. 알레호! 고개를 들어보니 그녀가 보였다. 파울라, 그의 파울라 말이다. 파울라가 그에게 괜찮다는 미소를 지으며 스웨터를 벗어 내밀면서 가까이 오라고 했다. 알레호는 파울라를 믿고 다가갔다. 라라에게 맞서서 파울라는 알레호의 허리에 스커트처럼 스웨터를 묶어주었다.

구경거리는 거기에서 끝났다. 알레호는 안도의 한숨을 내쉬었다. 결말에 실망한 학생들이 물러가기 시작했다. 그러나 파울라는 계속 조용히 알레호의 곁에 있었다. 그 누구도 두려워하지 않고 자기가 그의 친구라는 사실을 분명히 드러냈다.

알레호는 파울라에게 키스를 하고 싶었지만 우스꽝스러운 짓을 할 수는 없었다. 거의 벌거벗은 상태로 스웨터를 허리에 묶고서 파울라에게 키스를 하는 건 너무 슬퍼

보일 것이다. 그는 깊이 숨을 들이켰다. 트라우마가 될 이 날의 일을 잊으려면 몇 세기는 걸리리라.

파울라가 눈물이 글썽해서 속삭였다.

"정말 미안해. 화장실에서 기다리고 있어. 내가 내 체육복을 가져다줄게. 그거 입고 집에 가면 될 거야. 작기야 하겠지만……."

파울라가 몹시 동요한 듯해 알레호는 서둘러 그녀를 진정시켰다.

"정말 고마워. 하지만 네 잘못은 아니야. 절대로! 너만 나를 도와주었으니까."

파울라가 고맙다는 듯 미소 지었지만 아직 완전히 긴장을 가라앉히지는 못한 듯했다.

"너무 나갔어. 너무 오래됐고, 너는…… 넌 이런 일을 겪을 이유가 없어. 알레호."

파울라가 그의 이름을 발음하는 걸 듣자 목덜미에 솜털이 곤두서는 듯했다. 혹시나 싶어 알레호는 대범한 척 했다. 괜히 파울라가 자기를 한심한 놈이라고 생각하게 하고 싶지 않았다.

"괜찮아. 이제 질리겠지."

파울라가 한숨을 쉬고 미소를 지었다. 그러고 나서 옷

을 가지러 갔다. 알레호는 갑자기 홀로 남겨진 듯했다. 파울라가 없으니 추웠다. 사랑에 빠진 걸까?

3장
파울라

"그럼 저더러 어떻게 했어야 했다는 거예요?"

파울라가 대들었다.

"다른 아이들은 어떻게 했는데? 그냥 지나치면서 모르는 척 끼어들지 않았잖아."

"그런데 너는 안 그랬지. 혼자 튀는 행동을 해서 착한 친구의 뒤통수를 친 거야. 그래서 다른 아이들이 모두 네 이야기를 하는 거잖니."

"담임 선생님에게 편지를 받았다. 네가 친구를 괴롭혔다고. 도를 넘었어. 파울라."

파울라는 테니스 경기의 관중처럼 한 사람을 바라봤다가, 또 시선을 옮겨 바로 다른 사람을 바라보았다.

부모님은 파울라를 야단치기로 마음먹을 때면 기가

막히게 서로 죽이 잘 맞았다. 그렇지만 이건 부당한 일이었다.

"그 애가 벌거벗고 있었다고요! 옷을 빼앗겨서요! 저는 그저……."

"아직도 정신을 못 차렸어!"

"네가 말을 하면 할수록 더 엉망이구나!"

"라라한테 그런 짓을 하다니!"

파울라는 평정심을 찾으려고 열까지 셌다.

"라라네 엄마가 도대체 뭐라고 했는데요?"

파울라는 직접 알고 싶었다. 예전에는 친구였던 아이가 도대체 어떤 거짓말을 꾸며대고 그걸 파울라의 부모님 귀에까지 들어가게 해 이렇게 폭탄을 맞게 했는지 말이다.

"이제 와서 바보 행세해봐야 소용없다. 네가 더 잘 알 텐데. 그 남자애 일에 끼어들어서 라라에게 잘못을 뒤집어씌웠다며. 그 애가 라라를 따라다녔다는 걸 모두가 안다더라."

"라라는 잠도 못 자고 먹지도 못하고 있댄다. 무척 상처받았다고."

"친구인 네가 자기 삶을 이렇게까지 망치는 걸 이해하지 못하겠대."

"우리는 친구도 아니고 저는 라라에게 아무 짓도 안 했어요!"

"라라를 못살게 굴던 놈한테 옷을 주었다고 했잖니."

"알레호예요."

"그래. 알레호에게."

"맞아요. 스웨터를 줬어요."

아버지가 손가락으로 그녀를 가리켰다.

"그리고 다른 아이들에게 라라가 옷을 빼앗았다고 말했고."

"라라가 옷을 빼앗았으니까요!"

"네 눈으로 봤어? 라라가 하지도 않은 일을 가지고 라라가 했다고 하니? 여학생은 남학생 탈의실에 들어갈 수 없어."

파울라는 화가 나서 씩씩거렸다.

"들어갈 필요가 없죠. 라라가 시키는 대로 하는 애들이 있으니까요."

부모님이 어딘가 의미심장한 눈길을 주고받았다. 파울라는 부모님에게 뭔가 나쁜 계획이 있음을 직감했다. 철저하게 계산된 듯한 뭔가에 잘못된 대응을 해서 말려들었다 싶었다. 하지만 너무나도 터무니없는 소리가 이어지니 믿을 수가 없었다.

"좋아. 파울라. 여기서 끝내자. 하지만 라라 어머니 말씀이 다 맞아. 네가 거짓말쟁이고 그 집 딸을 괴롭힌 거지."

파울라의 발밑에서 땅이 흔들리는 것 같았다.

"너는 벌을 받아야 해. 주말 스키 캠프를 취소하겠다."

숨이 멎었다. 사형 선고였다. 파울라가 방금 들은 말이 사실일 리 없었다. 스키 캠프? 스키 캠프에 가고 싶어서 고등학생이 될 때까지 몇 년을 기다렸다. 스키 캠프는 거의 강박에 가까운 그녀의 꿈이었다. 캠프에 가기 위해 수백만 번도 넘게 같은 아파트에 사는 버릇없는 아이들을 돌보면서 돈을 모았다. 몇 시간씩이나 끔찍한 그림을 그려주고 지루한 이야기를 읽어주고 맛없는 저녁 식사를 같이 하면서 울보 아이들을 돌보았다.

"안 돼요, 취소하지 마요. 왜 그래야 되는데요!"

"이유는 충분해!"

"라라에게 사과도 해야 하고!"

파울라는 숨이 막혔다. 사과하라고? 왜? 대체 뭘 원하는 걸까? 폭군 앞에 무릎을 꿇는 것을? 파울라는 마음을 가라앉히고 침착하게 부모님을 설득해보려고 했다.

"잘못 알고 계세요. 라라가 연기하는 거라고요. 자기

엄마와 선생님들에 엄마 아빠까지 속인 거예요. 정말로 라라가 남을 괴롭혔어요. 상황을 조작해서……."

"됐어!"

"네 방으로 가!"

"한마디도 더 듣지 않겠다!"

"사과하지 않으면 주말 계획 모두 취소야."

파울라는 바닥이 무너지는 듯했다. 심연으로 떨어지는 듯한 공포가 느껴졌다. 주말 산행 모임은 파울라가 산에 놀러가서 신선한 공기를 마시고 나무를 보는 기회였다. 도시처럼 사방이 벽으로 가로막힌 곳에서는 금방 사람이 시들어버릴 것이다.

"좋아요."

파울라는 부모님이 이겼다고 느끼게 하는 게 최선이라고 생각하고는, 뭐가 좋은 건지 구체적으로 밝히지 않고 끝냈다.

그녀는 돌아서서 방으로 향했다.

슬픔과 무기력이 번졌다. 시도했지만 제 능력이 여기까지였다. 파울라는 라라와의 게임에서 졌다. 누구도 라라에게 맞서선 안 되는데, 파울라가 너무 명백하고 너무나도 공개적으로 도전해버렸다. 그래서 라라는 재빠르게 가능한 한 모든 수단을 동원했다. 비교적 쉬운 일. 먼저 반 친구들을 자기편으로 끌어들이는 일부터 시작한 뒤 선생님들에게는 자기가 파울라에게 괴롭힘을 당했다고 울며불며 이야기해서 그 말을 믿게 만들었다. 그리고 이제 자기 가족을 통해 공격해서, 파울라의 부모님이 파울라를 스키 캠프에 못 가게 하고 주말에는 집에서도 못 나간다고 협박하게 만든 것이다.

대단한 라라다! 조작의 천재다.

이제 파울라에겐 아무것도 남지 않았다. 세계는 완전히 산산조각이 나버렸다. 가엾은 알레호처럼 의지할 곳 없이 혼자가 되었다. 그러나 그녀는 알레호보다 더 겁이 많다. 설령 술에 취한다고 해도 맨몸으로 복도로 나가지는 못할 것이다. 탈의실에 웅크리고 앉아서 다른 친구들의 시선을 피했을 것이다. 파울라는 울었다. 눈물이 많은 편이 아닌데 자꾸만 눈물이 났다. 알레호를 생각하면서, 스키 캠프를 생각하면서, 토요일의 산행을 생각하면서 울었다.

파울라는 주먹을 꽉 쥐었다.

그렇지만 그녀는 전혀 용기가 없었다.

라라는 언제나 승자이고 그녀는 고개를 숙이고 굽신

거려야 했다. 토할 거 같았지만 다른 출구가 없었다. 고개를 숙이거나 멀리 달아나는 수밖에는. 파울라는 참을 수 없을 만큼 아플 때까지 혀를 깨물었다. 그러고 나서 가방에서 폰을 꺼냈다. 납으로 된 듯 손가락이 무거웠고 라라의 프로필을 누를 때는 아예 삭제하고 싶다는 생각까지 들었다. 그러나 충동에 굴복하지 않고 자존심을 삼켜버리면서, 가짜 같은 미소를 짓고 있는 조잡한 사진을 바라보았다. 머리는 염색이고 필터로 서툴게 수정된 사진이다.

—*라라. 미안해. 다시는 그런 일 없을 거야.*

파울라는 읽고 또 읽다가 마침내 문자를 보냈다. 그러고는 잠시 눈을 질끈 감았다. 답장이 도착했다는 소리음이 들릴 때까지.

—ㅇㅋ

라라가 대답했다.

입맞춤도 포옹도 하트를 보내는 이모티콘도 없이 그저 단순한 'ㅇㅋ'였다. 가엾은 알레호처럼 그렇게 벌거벗은 'ㅇㅋ'다.

파울라는 바닥에 폰을 던지고 이번에는 정말로 울음을 터뜨렸다.

4장
알레호

 알레호는 잠에서 깨었다. 어둠 속에서 침대 옆 협탁을 더듬거려 핸드폰을 찾고는 곁눈질로 시간을 확인하고선 안도의 숨을 내쉬었다. 알람이 울리려면 아직 오 분이 남았다. 다시 잠에 들어 이 잠깐의 시간을 누리고 싶은 마음에 눈을 감았지만 너무 흥분되어 더 이상 졸리지 않았다. 토요일, 특별한 날이다. 파울라와 만나기로 한 오후 6시까지 해야 할 일들이 많았다.

 만일 다른 날처럼 단조롭고 일상적인 날이었다면 알레호는 학교 버스를 놓치거나 조금 더 운이 좋아 아예 1교시 수업을 빼먹을 수도 있다는 기대감에 게으름을 부렸을 것이다. 어머니에게 아픈 척을 했을 수도 있다. 지난번에 체온계를 43도까지 달궈 결국은 응급실에 가야 했던 것보다는 요령 있게 말이다.

하지만 이날은 파울라와 놀러 가기로 한 날이다.

"이번 주말에 같이 나갈래?"

파울라가 제안했을 때 알레호는 침을 삼키다 목이 메일 뻔했다.

"응, 꼭 갈게."

그는 분명히 너무나도 흥분한 태도로 대답했다. 어떤 질문도 망설임도 없이 절대적으로 확신에 찬 대답이었다.

"아직 어디 가는지, 누구랑 가는지도 말을 안 했는데!"

파울라가 놀라서 소리쳤다.

알레호는 상세한 내용에는 관심 없었다. 파울라와 함께 시간을 보낼 기회라면야.

"말해봐. 말해봐."

"버려진 정신 병원에 들어갈 거야. 거기는 유령으로 꽉 차 있다고들 해. 거기서 하룻밤을 지내면서 점괘판으로 강령술도 써보고 그걸 모두 녹화해서 인터넷에 올리는 거지."

분명히 아주 특이한 제안이었다. 유령이 나오는 병원에 잠입하는 건 그의 스타일이 아니지만 파울라와 함께하는 순간이라면 무엇이 되었든 황금 같은 가치가 있다. 학교 복도건 버려진 병원이건 그녀와 함께라면 치과에 가는 것도 상관없었다.

더 이상 들을 필요도 없었다. 알레호가 토요일까지 기다리는 시간만 영원 같았다.

알레호는 단번에 일어났다. 드디어 토요일을 맞아 조바심이 났다. 할 일이 많다. 샤워를 하고, 옷을 고르고, 파울라를 웃길 농담을 생각하고, 재미있는 사람인 척할 책도 한 권 고르고, 요리를 해서 파울라와 먹을 도시락을 만들고…… 그리고 가방도 싸야 한다.

"크로켓 몇 개 튀겨줄까?"

주방에서 엄마가 물었다.

엄마는 마침내 아들에게 친구가 생겼다는 사실이 기쁜 듯했다. 엄마에게는 학교에서 무슨 일을 겪고 있는지 아무 이야기도 하지 않았지만 뭔가를 느낀 게 분명했다. 알레호가 학교에 가지 않으려고 핑계를 대는 일도 빈번했고 괴롭힘의 흔적도 눈에 보일 수밖에 없었다. 옷과 책이 사라졌고, 폰은 고장 났고, 우편함에 쪽지가 있었고, 몸에 얻어맞고 넘어진 상처들이 있었으며 성적은 오르락내리락 요동을 쳤다. 어머니에게는 육감이 있다고 한다. 그러나 이 경우에는 두 번째 감각만으로도 충분했을 것이다.

그렇지만 엄마는 입을 다물고 지켜보았다. 먼 도시로 전근을 오는 바람에 아들을 여기로 데려왔다고 자책하고 마음 아파 하는 게 분명했지만 말이다.

알레호의 엄마는 이혼을 하고 혼자서 알레호를 키웠다. 자기가 잘못을 저질렀을뿐더러, 알레호에게 일어난 일과 또 앞으로 일어날 일 모두 자기 탓이라고 생각하는 사람이었다. 모든 일이 다 자기 탓이다. 알레호는 지나치게 미안해하는 엄마에게 자주 아니라고 말해야 했다. 엄마는 불이 나가서, 슈퍼마켓에 바나나가 없어서, 코치 선생님이 알레호를 벤치에 놓아두고 가서 알레호에게 미안하다고 했다. 엄마의 그런 과도한 죄책감은 부담스럽다 못해 알레호가 놓인 상황을 견디기 더 어렵게 만들었다. 차라리 정신을 못 차리고 분별력이 없고 수치심도 없는 어머니라면 얼마나 좋을까. 사실을 사실 그대로 말하고 화가 나서 학교에 나타나서는 소리를 지르며 미겔과 라라, 라울의 부모님을 불러 조목조목 따지는 어머니였다면. 그에게 뽀뽀를 해대고 누구랑 사귀는지 알기 위해 폰도 훔쳐봐서 거리에서 만나면 부끄러워지지만 또 한편 따뜻하고 강하고 다정한 어머니였다면.

알레호는 자기가 학교 폭력 피해자의 전형이라는 사

실을 알고 있었다. 학교 폭력을 알리는 광고를 촬영하기 위해 주인공을 찾는다면 길거리에서 바로 그가 캐스팅되어 백만장자가 될 것이다. 엄마가 아무것도 모를 수는 없다. 그냥 엄마 역시 알레호만큼 겁이 많은 것이다.

―6시에 버스 정류장에서 기다릴게.

알레호는 4시경에 파울라에게 문자를 보냈다. 그때는 이미 세 번이나 바지를 갈아입고 욕실 서랍에 있는 향수란 향수는 다 뿌려본 시간이었다.

알레호는 5시 32분에 급히 집에서 나왔다. 엄마도 알레호만큼 신이 나서 용돈과 함께 절대적인 자유를 허락하고는 세 번이나 "정말 즐거운 시간 보내고 와."라는 말만 반복했다.

정확히 알레호가 원하는 일이다. 파울라와 정말 즐거운 시간을 보내는 것. 이번 학기 내내 파울라와 함께 있는 공상을 해왔는데 그 꿈이 현실이 되는 순간이 다가왔다.

그런데 버스 정류장에 도착했을 때 풍선이 터지듯 환상이 깨졌다. 현실은 참혹했다. 미겔이 파울라 옆에서 그를 기다리고 있었다. 알레호는 너무 놀랐다. 이럴 수가! 저 바보 같은 놈이 여기서 뭘 하고 있는 거지?

"얼간이! 왔구나!"

등 뒤에서 라라가 짜증나는 날카로운 목소리로 인사를 했다.

빌어먹을! 아직도 더 나빠질 여지가 남아 있었다. 라울까지 나타나면 이 악몽이 완성될 것이다.

5장
라울

 라울은 갑자기 멈춰 섰다. 가죽 재킷을 입은 금발 아이가 탄 전동 킥보드가 보더콜리와 충돌했던 것이다. 아이는 얼굴부터 앞으로 고꾸라졌고 킥보드는 길 한가운데 버려졌으며 다친 강아지는 힘없이 신음하고 있었다.

 라울은 단 일 초도 망설이지 않았다. 서둘러 강아지에게 가서 팔에 안고선 조심스럽게 차근차근 강아지의 몸을 만져보았다. 강아지는 고통스럽게 짖었다. 킥보드에 치여 왼쪽 앞다리가 부러진 것이다. 가여운 강아지. 라울은 손으로 개의 등을 쓰다듬으며 진정시키면서 다정하게 속삭였다.

 "착하지. 놀라지 마. 괜찮을 거야. 라울이 너를 의사에게 데려다주면 의사 선생님이 네 발을 고쳐줄 거야."

목줄은 없었다. 하지만 강아지의 윤기 흐르는 흰색과 검은색 털이 말끔한 것이나 영양 상태가 좋아 보이는 걸 보면 틀림없이 주인도 있고 칩도 있을 것이다.

그때 라울은 킥보드를 타던 아이가 일어나 비틀거리며 킥보드로 향하는 모습을 보았다. 라울은 속에서 천불이 솟고 몸이 화산이라도 된 듯 타올라 뺨이 붉어지고 연기가 귀로 뿜어져 나오는 듯했다.

그 순간 길 가던 사람 몇이 무슨 일인가 하고 멈췄다. 할머니 한 분이 강아지 옆으로 다가와서 무슨 일인가 살펴보자 라울은 기회를 잡고 말했다.

"왼쪽 앞발이 부러졌어요. 동물병원에 데려가주실 수 있나요? 저는 급히 해결해야 할 일이 있어서요."

할머니의 침묵을 라울은 알았다는 대답으로 이해했다. 그러고 나서 라울은 단숨에 일어나 킥보드 운전자에게 향했다.

"어이, 어이! 방금 강아지를 치었잖아! 알긴 하는 거야?"

남자애는 어깨를 으쓱했다.

"멍청하게 앞을 막아서 제대로 처박았네."

그리고 피가 흐르는 손바닥을 보여주었다.

"봐. 여길 보라고. 멍청한 물건 같으니!"

라울은 그 애를 향해 공격적으로 한 걸음 내디뎠다.

"지금 뭐라고 했어? 강아지 보고 뭐라고 했냐고?"

남자애가 시뻘게진 라울의 얼굴과 핏줄이 선 눈을 보고는 뒷걸음질 쳤다.

"못 봤어. 정말이야."

"못 본 건 네가 아니라 강아지지. 네가 전속력으로 달렸잖아. 네 책임이라고."

"아니야! 뭐라는 거야? 일부러 그런 게 아니라니까. 그냥 부딪힌 것뿐이야."

"뭐라고 하든 상관없어. 넌 이걸 타고 아무데도 못 가!"

그러자 상대가 가슴을 앞으로 내밀었다. 사람들이 주변으로 모여드는 바람에 좀 더 허세를 부리고 싶은 듯했다.

"못 간다고? 나한테 그래서 뭘 어쩔 건데?"

"너한테가 아니지! 하지만 킥보드는 바퀴 하나 남지 않을 거다."

금발 소년이 미처 입을 떼기도 전에 라울은 킥보드를 들어 바닥에 내동댕이쳤다. 킥보드가 산산조각 나면서 몇몇 부품이 공중에 날아올랐다. 라울은 소란스러워진 틈을

타 구십 킬로나 되는 근육 덩어리 몸으로 킥보드의 잔해 위에 올라 바퀴 두 개 달린 탈것을 산더미 같은 쓸모없는 고철 조각으로 만들어버렸다. 화가 난 와중에도 라울은 이 클라이맥스가 어디서 끝나야 하는지도 알고 있었다.

라울은 좌우를 살피고는 정류장까지의 거리를 계산했다. 오십 미터쯤 떨어진 곳에 있었다. 그 정도면 빨리 달려갈 수 있다.

그는 임시 보호자인 할머니의 치마 위에 누운 강아지를 쓰다듬었다.

"잘 봤지? 저 킥보드는 이제 더는 다치게 못 해."

그리고 충격에 말도 못 잇는 금발 소년이 채 입을 다물지도 못하고 있을 때 라울은 이미 종을 울리며 정류장을 떠나는 트램의 마지막 칸에 뛰어올랐다. 자리에 앉아 폰을 보자 친구들의 메시지가 가득 차 있었다.

—*어디에 있는 거야?*

—*야, 우리가 너만 기다리고 있어!*

—*벌써 버스 한 대 놓쳤어!*

—*미안해. 처리해야 할 일이 있었어.*

그가 대답했다.

너무 충동적으로 군 게 아닌가 후회되었다. 강아지를

동물병원에 데리고 갔으면 더 마음이 편했을 텐데. 하지만 한 번에 두 가지 일을 처리할 수는 없다.

어른이 되어서 돈을 벌면 보더콜리를 입양해야지. 방금 그렇게 하기로 결심했다.

6장
알레호

 알레호는 파울라에게 함께 가는 친구들이 누구인지 물어보지 않은 것을 즉시 후회했다. 라울을 기다리는 십오 분이 그에게는 고문이었다.

"어서 와, 알레호."

파울라가 미소 지으면서 이름을 불러주며 인사했다.

알레호의 뺨이 달아올랐다. '뜨거워지는 건 색깔이 없어. 뜨거워지는 건 색깔이 없어.' 하고 학교 상담 선생님이 가르쳐준 주문을 속으로 계속 외웠다. 선생님은 대부분의 경우에 얼굴이 붉어지는 건 주관적인 느낌이며 다른 사람들은 모른다고 했다. 뜨거워지는 건 색깔이 없다. 하지만 언제나 그렇지는 않다.

"어휴, 우리 얼간이 얼굴이 빨개졌네."

라라가 빈정대며 말했다.

"얼간이가 들떴나 봐!"

미겔이 한마디 덧붙였다. 파울라는 이어지는 놀림을 원천 차단하려고 알레호 편을 들었다.

"그만두지 않을래? 잘 대해주겠다고 약속했잖아."

그러나 라울이 너무 늦는 바람에 벌써부터 막기 어려운 판국이었다.

잠시 후 미겔이 라라의 허락을 구하며 다시 괴롭혔다.

"얼간이에게 아무 냄새도 안 나냐?"

라라는 지루한지 미겔이 계속 알레호를 조롱하도록 얼굴 표정으로 신호를 보냈다. 다행히 라울이 도착해서 강아지와 킥보드 이야기를 했고, 라라와 미겔은 몸집은 알레호의 두 배나 되는데 머리가 나빠서 낙제를 한 친구 라울을 표적으로 돌려 신나게 마음대로 떠들어댔다.

"강아지가 치이든 말든 너랑 무슨 상관이야! 네 강아지야? 너네 할머니 강아지야?"

라라가 나무랐다.

"불쌍한 귀염둥이 강아지."

친구 같지도 않은 미겔이 흥얼거렸다.

버스가 결정적으로 알레호를 구원했다. 알레호는 무

리들과 가장 떨어진 좌석으로 달려들어가 숨었다. 자리에 앉으면서 완전히 실수했다고 생각했다. 내가 무슨 짓을 한 거지? 왜 저 무리와 함께 가는 걸 받아들인 걸까? 왜 그들을 보고 걸음을 돌리지 않았지? 그런데 파울라는 왜 같이 가자고 했을까? 정말 그와 함께 있고 싶어서 초대를 한 건가? 아니면……?

주말 나들이는 시작부터 좋지 않았다.

버스로 이동하는 시간은 길었지만 알레호에게는 너무 짧게만 느껴졌다. 그 어느 곳에도 도착하지 않았으면 했다. 그를 웃음거리로 만들기 위해 초대한 여행이 분명했다. 틀림없이 라라가 아무도 괴롭히지 않고는 주말을 보낼 수 없는 사이코패스이기 때문일 것이다.

"앉아도 될까?"

파울라가 옆자리로 와 묻기에 알레호는 생각을 멈추고 힘없이 중얼거렸다.

"곧 도착할 텐데……."

좋다는 말로 이해한 파울라는 옆에 앉았다.

"알레호. 쟤들이 너한테 한 짓을 정말 미안하게 생각해. 틀림없이 나쁜 아이들은 아니야, 그저 단순히……. 누구나 그렇듯이 문제가 좀……."

알레호가 파울라를 이상하다는 듯 바라보았다. 문제라고? 무슨 말을 하는 거지?

"틀림없이 이번에 서로 좀 더 잘 알게 될 거야……. 누가 알겠어? 어쩌면 친구가 될 수도 있잖아……."

파울라가 계속 이야기했다.

알레호가 뭐라 대답하려고 입을 열었다. 그는 저 일진들 사이에 낄 생각이 없는데다 친구라면 더군다나 사양이었으며 그가 온 건 단지 파울라와 함께 있기 위해서였다. 둘이 아주 친밀한 순간을 함께 나누기를, 어쩌면 키스를 할 순간이 오기를 기대했다고 말하고 싶었다. 하지만 고작 한 마디 말만 했다.

"알았어."

파울라는 만족스럽게 미소 지었다.

미겔이 큰 소리로 다음 정류장에서 내린다고 알렸다. 버스가 멈추고 해질녘의 어둠 속에 내렸을 때 알레호는 주변에 인적이 없다는 사실을 깨달았다. 걱정스러웠다. 도대체 그를 어디로 데려온 거지?

라울이 조롱했다.

"겁나냐, 얼간아? 여기 아무도 없어. 그러니까 네가 소리 질러도 아무도 들어줄 사람이 없다는 거지."

얼굴에서 핏기가 사라지고 심장 뛰는 소리도 귓가에 들려왔다.

"바보 같은 소리 하지 마."

라라가 빈정대며 알레호에게 다가와서 팔로 알레호의 어깨를 감쌌다.

"걱정하지 마, 알레호."

숲으로 들어가라고 하면서 라라는 계속 이야기했다.

"우리가 좀 거칠게 대했지만 사실은 무척 널 생각하는 거 알지?"

"너를 얼간이 알레호라고 부르는 건 정말 친구라고 생각해서야. 애정을 담은 거지. 응?"

미겔이 갑자기 다가와서 말했다.

"아마도……."

알레호는 말도 안 된다고 생각하면서도 더듬더듬 대꾸했다.

무슨 생각을 해야 할지 알 수가 없었다. 어쩌면 파울라 말이 맞을 수도 있다. 그 모든 모욕과 굴욕이 그저 친구들 사이의 농담을 제대로 해석하지 못한 결과일 수도 있다. 전혀 믿을 수 없는 일이지만 말이다.

"이제 도착했어."

미겔이 알렸다.

갑자기 황량한 부지 사이에 버려진 우주선처럼 낡고 어두침침하고 위협적인 건물이 하나 나타났다. 낡은 건물에는 창살이 있는 조그만 구멍이 볼품없이 뚫려 있었다. 병실의 창문이었다.

달빛 아래에서 그 건물을 바라보자 마치 차가운 뱀이 구불구불 척추를 따라 미끄러지듯 알레호의 등에 오싹 냉기가 밀려왔다. 녹슬고 금이 가고 반쯤은 잡풀로 뒤덮인 지저분한 건물은 두말할 필요 없이 소름이 끼쳤다. 그 벽 안에서 무시무시한 일이 일어났다는 사실을 어렵지 않게 추측할 수 있었다.

미겔이 더 많은 정보를 주었다.

"버려진 정신 병원 건물이야. 왜 버려졌냐 하면 죽은 사람들의 유령이 이 건물에 누구도 들어오는 걸 허락하지 않았기 때문이야. 공사를 해서 다시 쓰려고 했는데, 두 명의 노동자가 사망했고 다른 네 명은 중상을 입었어. 아무도 일을 하려고 하지 않아서 계획을 중단했대. 여기서 미친 사람들이 자살을 했다지. 그래서 그들의 영혼이 쉬지 못하고 복수를 하려 하는 거야."

라울이 잔혹한 목소리로 말했다.

"쟤네들 이야기에 신경 쓰지 마."

파울라가 말을 끊었다.

"그저 도시에 떠도는 전설일 뿐이야. 저 이야기들은 전혀 사실이 아니야."

"너도 다른 사람들만큼이나 벌벌 떠니 알아보고 싶지 않은 거겠지."

라울이 놀리자 파울라가 발끈했다.

"아, 그래? 내가 얼마나 무서워하는지 한 번 볼래?"

파울라는 건물 입구를 둘러싼 녹슨 담을 아주 날렵하게 뛰어넘어 들어가서는 담장 건너편에서 미소를 지으며 말했다.

"자, 이제 너희들 차례야."

알레호는 기겁했지만 파울라의 눈에 겁쟁이로 보이고 싶지 않아 제일 먼저 담을 넘었다. 동작이 너무 서툴러서 넘어지는 바람에 바지가 찢어졌다. 세 명의 일당이 웃음을 터뜨리다 파울라가 무서운 눈빛으로 바라보자 곧 웃음을 멈췄다. 다른 사람들은 모두 알레호보다 훨씬 우아하게 담을 넘고는, 농담을 주고받으며 서로 밀치면서 건물로 향했다.

정문을 통해 건물로 들어서면서 그들은 입을 다물고

걸음을 멈췄다. 건물 안에는 너무나도 고요한 어둠이 타일처럼 무겁게 공기를 짓누르고 있었으며 한치 앞도 보이지 않았다.

"불!"

미겔이 소리쳤다.

네 개의 폰이 벽을 비추자 소름끼치는 모습이 나타났다. 그림자와 구멍들, 페인트칠이 오래되어 벗겨진 벽 틈에서 미끄러지듯 나와 천장을 날아다니는 신비로운 존재들. 박쥐들일까? 딱정벌레들? 쥐새끼들?

"깜짝이야!"

라울이 내뱉었다.

그야말로 오싹해지는 광경이었다.

"안녕하세요. 구독자 여러부우우우운!"

라라의 요란한 목소리에 모두 놀랐다. 라라는 주변의 무시무시한 분위기는 아랑곳하지 않고 폰을 손에 들고선 자신의 유튜브 채널을 위해 동영상을 찍기 시작했다.

"제가 어디에 있는지, 그리고 이처럼 소름이 오싹 끼치는 곳에서 무엇을 하고 있는지 궁금하시겠죠."

라라는 한 바퀴 원을 그리며 방 전체를 카메라로 녹화했다.

"우리는 옛 세인트 실베스트레 병원에 들어왔답니다. 수십 명의 사람들이 이상한 상황에서 사라진 곳이지요. 비극입니다. 전설에 의하면 이 안에서 죽은 모든 사람들의 영혼이 아직도 여기에 갇혀서 정의가 실현되길 원한다고 해요."

알레호의 머리카락이 온통 곤두섰다.

"네. 여러분들은 지금쯤 저 같은 사람이 이런 곳에서 무엇을 하는지 너무 궁금하실 거예요."

라라는 계속해서 보이지 않는 청중에게 이야기했다.

"맞아요. 제가 여러분들을 위해 제 채널에 모든 것을 쏟아붓는다는 사실은 이미 잘 알고 계시죠? 그래서 이 모든 위험을 감수하고 제 나름대로 전설 뒤에 숨겨진 진실을 파헤쳐보기로 결심했답니다. 이 여행에 저와 함께해주실 것을 부탁드려요. 틀림없이 강렬한 경험이 될 거예요. 가까이에 심장 제세동기가 없다면, 심장이 약하신 분은 보지 마세요. 하, 하, 하……."

라라는 녹화를 끝냈다. 그녀는 카메라를 끄자마자 인위적인 미소를 싹 거두더니 참을 수 없다는 표정을 지었다.

"솔직하게 말할까? 여긴 역겨운 곳이야……."

"이쪽으로."

미겔이 서둘러 오른쪽을 가리키면서 라라를 안심시키려 했다.

"그러면 앞으로."

라라는 명령을 하고 복종을 받는 데 익숙한 사람이었지만 의욕 없는 목소리로 말했다.

미겔이 먼저 길을 열고 길고 살풍경한 복도로 친구들을 인도했다. 발걸음 소리가 군대의 행진 소리처럼 울렸다. 문을 연 미겔은 계단으로 내려가자고 했다.

"지하로 내려가자. 아픈 사람들과 미치광이들을 데리고 실험을 했던 실험실로."

그는 속삭이듯 말했다.

알레호는 다리가 후들거렸다. 반대로 앞에 있던 파울라는 계속 앞으로 가기로 결심한 듯했다. 어둠 속에서 파울라의 손을 찾아 잡고 싶은 유혹이 간절했지만 참았다. 그들은 실험실에 도착했다. 지하의 격리 공간으로 칠이 벗겨진 수납장들이 아직도 남아 있었다. 알레호는 절대로 수납장 문을 열어보고 싶지 않았다.

"여기야."

미겔은 배낭을 비워서 다섯 개의 초를 꺼냈다. 파울라와 라울은 오각형 형태로 초들을 바닥에 늘어놓더니 글자

판도 하나 놓았다.

"뭐…… 뭐 하는 거야?"

알레호가 신경이 날카로워진 것을 감추려고 하면서 기어들어가는 목소리로 물었다.

"강령술을 해볼 거라고 말했잖아."

파울라가 성냥으로 초에 불을 붙이면서 말했다.

"너 이런 거 믿어?"

알레호가 작은 소리로 묻자 파울라가 웃음을 터뜨렸다.

"물론 믿지 않아. 그냥 재미 삼아서, 그리고 라라의 채널에 올릴 동영상 녹화를 하려고 하는 거야……. 너는 믿어?"

"아니, 아니…… 나도 안 믿어."

알레호는 딱히 확신은 없는 목소리로 대답했다.

"이제 됐어?"

라라가 가방에 있던 거울을 보며 화장을 매만지면서 초조하게 묻자, 라울이 오각형 안에 강령술을 위한 점괘판을 놓으면서 말했다.

"자! 오케이. 렛츠 고우. 각자 촛불 뒤에 자리 잡고서 시작하는 거야."

"왜?"

알레호가 두려워서 물었다. 라라는 눈을 흘기고는 무시했다. 파울라가 태연하게 설명했다.

"왜냐하면 하나의 영을 불러오기 위해 다섯 영혼이 필요하기 때문이야."

"아, 그렇구나."

알레호가 침을 삼키며 말했다.

다섯 명이 각각의 초 뒤에 자리 잡고 바닥에 앉았다. 라라가 조용히 하라고 지시하고는 곧바로 핸드폰 카메라의 녹화 버튼을 누르고 동영상을 찍기 시작했다.

"안녕, 안녕하세요? 저의 구독자 여러분! 약속드린 대로 점괘판으로 꼬마 엔리에타와 접촉하기 위한 준비가 되었습니다. 아마 엔리에타가 누군지 궁금하실 거예요. 이야기해드릴게요. 엔리에타는 이 지역의 아이로 구둣가게 주인의 딸이었어요. 이상한 사유로 태어나자마자 죽은 일곱 형제들 중 유일하게 살아남았지요. 엔리에타의 어머니는 죽은 자들과 소통하며 그들과 관계를 유지하는 영매였어요. 1923년에 영혼이 강림한 상태에서 의식을 치르다가 사망했고, 그래서 어린 엔리에타는 어머니를 잃게 되었지요. 그런데 얼마 후 아이가 여덟 살이 되었을 때, 아버지는 부인의 악령이 아이의 몸 안에 살고 있다고 하면서 아이를 죽여달라고 당국에 신고를 했답니다. 이미 부엌칼로 두 번이나 죽이려고 했대요. 그러나 엔리에타는 어린아이였는데도 초인적인 힘을 갖고 있어서, 죽이지 못하고 이 정신 병원에 입원시켰습니다."

알레호는 혹시나 싶어 등 뒤에 있는 문을 살폈지만 보이지 않았다.

"가엾은 엔리에타는 입원한 후 며칠 지나지 않아 세상을 떠났습니다. 어떤 사람들은 학살이 있었다고, 엔리에타는 희생자 중 하나가 되었다고 합니다. 또 다른 사람들은 그녀가 범인이라고도 해요. 전설에 의하면 그녀의 영이 아직도 이 벽 안에 갇혀서 울면서 신음하고 있다네요. 두 세계의 포로인 셈이지요. 자신의 말을 들어달라고 애원하고 있다고 합니다. 우리는 엔리에타가 이 사건에 대해 이야기하고 싶어할 것이라고 믿고 있습니다. 그래서 여기에 온 거예요. 엔리에타의 말을 들어주고 도와주려고요. 엔리에타. 우리는 너를 돕고 싶어."

알레호는 이런 비극을 이용해서 볼거리를 만들고 구독자들을 늘리는 건 아주 나쁜 일 같다고 말하고 싶었지만 입을 열지 않았다.

"엔리에타. 네 모습을 드러내줘. 여기 있다면 우리에게

징표를 보여줘. 우리는 너를 돕고 싶어."

그들은 이상한 떨림을 느꼈고, 미겔은 억눌러 소리를 참았다. 라라가 요구했다.

"쉿! 말 위에 손을 얹어. 빨리!"

모두들 복종했다. 점괘판의 말 위에 손을 얹자 라라가 말을 이었다.

"엔리에타. 여기 있니? 여기 누구 있으면 '네'라고 말해주세요."

그러자 말이 움직이기 시작했다.

알레호는 말이 ㄴ자 위에 놓이는 모습을 놀라서 바라보았다. 말은 곧바로 다시 움직여서 ㅔ자 앞에 멈췄다.

라라가 흥분해서 외쳤다.

"'네!' 구독자 여러분. 잘 보고 계신가요? 우리는 엔리에타를 불러내 유튜브 역사상 최초로 영혼과 인터뷰를 하고 있습니다. 환영해. 엔리에타. 네가 뭘 원하는지, 그리고 뭘 찾고 있는지 우리에게 말해주면 좋겠어."

라라가 연극을 하듯 말했다.

말이 다시 움직였다. 이번에는 갑자기 움직여서 모두들 깜짝 놀랐다.

"누가 움직이고 있으면 멈춰!"

미겔이 겁에 질린 것을 감추려 하며 소리쳤다.

그러나 말은 멈추지 않았고 전체 판 위를 전속력으로 움직이기 시작했다.

ㅂㅗㄱㅅㅜ

라라는 믿을 수 없다는 듯 글자를 조그만 소리로 읽더니 천천히 고개를 들고 당황하는 친구들의 눈빛을 살폈다. 알레호는 라라가 연극을 하는 게 아니라 정말로 놀란 것을 알아챘다.

"맹세컨대 내가 흔들지 않았어."

라라가 평소와 다르게 확신을 잃고서 말했다.

갑자기 말이 다시 급격하게 움직이기 시작했다. 아무도 아무런 질문을 할 새도 없이 다시 대답이 나타났다.

ㅈㅜㄱㅇㅕ

"이건 하나도 재미없어."

미겔이 말에서 손을 떼고 갑자기 일어났다.

"겁먹은 티 내지 마. 앉아."

라라가 명령했다.

"너희들은 우리가 엔리에타와 이야기를 나누고 있다고 확신하니?"

한참 동안 침묵을 지키고 있던 파울라가 묻자 모두들 몸을 떨면서 서로를 바라보았다.

"너 엔리에타 맞아?"

파울라가 속삭였다.

말이 글자판으로 다가가더니 맹렬하게 움직였다.

ㅇㅏㄴㅣ

파울라가 소리 질렀고 알레호는 더 이상 몸의 떨림을 감출 수 없었다.

ㄴㅓㅎㅣㄷㅡㄹㅈㅜㄱㅇㅡㄹㄱㅓㅇㅑ

라라는 비명을 울렸고 미겔은 문 쪽으로 뛰어갔다. 그리고 짐승 같은 라울은 판을 발로 차서 공중에 날려버렸다.

"이제 가자."

미겔이 문에서 소리쳤다. 무서워서 죽을 것 같았다.

이번에는 아무도 반대하지 않았다. 모두들 그 무시무시한 방에서 도망치고 싶었기 때문이다. 작고 날렵한 파울라가 제일 먼저 나갔는데, 너무 겁에 질린 나머지 전혀 뒤를 돌아보지 않았다.

알레호는 떨면서 겨우 일어나 서툰 발걸음을 내디뎠다. 그러나 출구까지 달려가기 전에 미겔이 코앞에서 문을 닫아버렸다.

"나가게 해줘. 이건 재미없어."

알레호의 목소리가 갈라졌다.

비웃는 소리만이 유일한 대답으로 울려왔다.

"얼간이 알레호! 얼간이 알레호! 얼간이 알레호!"

알레호의 가슴에 무시무시한 의심이 피어오르며 속이 꽉 조여들었다.

"파울라! 문 좀 열어줘!"

그는 미친 듯이 문을 두드리며 외쳤다.

하지만 아무도 대답하지 않았다. 동행들의 웃음소리와 달음질치는 소리만이 급하게 멀어지고 있었다.

"파우우우우울라아아아아!"

절망에 빠진 알레호가 외쳤다.

제 2부

7장
미겔

미겔은 친구들이 질러대는 비명 소리에 질렸다.

"그만!"

라라와 파울라는 갑자기 입을 다물고 미겔을 바라보았다. 라라가 물었다.

"왜 그래?"

"너희들 너무 소리 지르고 있잖아!"

파울라가 대꾸했다.

"그래서, 뭐가? 우리는 황무지에 있잖아? 안 그래? 아무도 우리 소리를 들을 수 없어."

미겔이 파울라의 태도에 당황해서 보니 정말 그 말이 맞았다. 주변은 완전히 외진 곳에다 그들은 언제 올지도 모르는 버스를 기다리는 중이었다. 지나친 장난을 저지른 뒤 뒷감당할 각오가 되어 있지 않던 네 명은 다 껄끄러운 기분에 휩싸였다. 고개를 푹 숙인 라울은 입을 다문 채 조금 떨어져서 돌멩이나 발로 차고 있었다. '나도 가만히 있을걸.' 미겔이 후회했지만 너무 늦었다. 언제나처럼 공격적인 라라가 싸움소처럼 달려들었다.

"신경 쓰여? 너무 예민하셔서 아줌마 둘이 싸우는 걸 보기가 힘들어?"

놀랍게도 파울라가 라라의 편을 들었다.

"우리가 놀라게 했네. 서로 머리채를 잡지 않아서 그럴 거야. 우리 중학생 때 내 손에 네 머리카락이 한 움큼 뜯겼던 거 생각나?"

"야만적이었어. 나는 네 팔을 물었잖아."

라라가 웃으면서 떠올려냈다.

미겔은 침을 삼켰다. 발을 잘못 담갔다. 두 여자애를 잘못 건드리는 바람에, 갑자기 동맹이 된 이들의 공격이 금방 부메랑처럼 돌아올 것이 훤했다. 그는 뼈도 못 추릴 거고 말이다. 피를 보기를 원하는 성격인 라라에게는 당연히 그가 파울라보다 훨씬 더 먹음직스러운 먹잇감으로 보일 것이다. 그래서 미겔은 애써 태연한 척했다.

"아니야. 난 괜찮아. 그냥 소리 지르지 말라고 한 것뿐이야. 누가 죽어도 신경 안 써."

"알레호를 안에 두고 나오고선 신경도 안 쓰인다고?"

라라가 화를 내며 말했다.

미겔은 당황했다. 생각지도 못했던 반응이었다. 지금 라라가 무슨 말을 하고 있는 거지? 왜 갑자기 태도를 바꿨지? 언제부터 알레호에게 마음을 썼지?

"잠깐, 잠깐."

미겔은 상황이 자기 통제하에 있는 듯한 태도로 시간을 끌고는 확신에 찬 말투로 말했다.

"이거 다 약속한 일이잖아. 밤에 알레호를 안에 가둬놓고 내일 아침에 꺼내주기로 했지!"

미겔은 빈정대려는 라라의 표정을 보면서 더 강하게 말했다.

"그래? 안 그래?"

"물론이야. 그런데 그건 네가 점괘판을 움직이기 전의 일이지."

미겔은 몸이 굳어버렸다. 도대체 라라가 무슨 말을 하는 거지?

"내가…… 내가 판을 움직였다고? 어떻게 그런 생각을 해?"

"'복수'나 '너희들 죽을 거야'라는 이야기가 나올 때 네가 열광했잖아!"

"안 그랬어!"

미젤이 펄쩍 뛰었다.

하지만 미젤의 귀에도 자기 말이 거짓말처럼, 어린아이가 발버둥치며 떼쓰는 소리처럼 들렸다. 아무도 믿지 않을 공허한 말처럼 들렸다. 미젤은 바보 같은 짓을 했다고 생각하고 입을 연 것을 다시 후회했다.

"내가 바보인 줄 알아? 네가 팔을 움직이는 걸 봤다고!"

라라가 한술 더 떴다.

미젤은 자기도 모르는 사이에 뒷걸음질 쳤다. 왜 이렇게 몸이 겁쟁이처럼 움직일까? 라라의 노기 띤 시선에 몸이 녹아버릴 듯했다. 미젤은 '라라가 무섭지 않아' 하고 속으로 수도 없이 반복해야 했다.

"야, 아, 미젤은 안 그랬어!"

파울라가 미젤의 편을 들어주었다.

라라가 번개처럼 빨리 파울라를 돌아보더니 화를 내며 밀쳐버렸다.

"너는 가만히 있어!"

그러자 키가 작고 마른 파울라가 뒤로 쓰러져서 라울과 부딪혔다.

"나도 아니야!"

라울도 혹시나 싶어 서둘러 말했다.

시체처럼 창백해진 파울라가 겨우겨우 일어나 한 사람씩 한 사람씩 쳐다보았다. 모두들 시선을 피하는 와중 파울라가 떨리는 목소리로 물었다.

"그러면? 누구야?"

영화를 보듯 이 광경을 바라보던 미겔은 긴장한 나머지 일단 친구들을 겁줘서 입을 다물도록 해야겠다고 생각했다. 그런 거라면 문제없었다. 일주일 내내 세인트 실베스트레 병원에 대한 정보를 수집했다.

"정신 병원에는 피에 굶주린 유령들이 많아. 신생아들을 데리고 실험을 했던 사모라 박사 이야기를 듣고 싶어? 아니면 전기 충격으로 화상을 입은 쌍둥이 자매들 이야기? 아니면 그 자매 중 하나의 애인이 자기 애인을 성추행했다며 남간호사를 거세시킨 이야기? 아니면 지하실에서 발견된 항아리 속에 있던, 누구 건지도 모르는 뇌에 대한 이야기?"

미겔은 속이 편해졌다. 정신 병원에서 있었던 일에

대한 정보는 충분했다. 아주 사람을 심란하게 하는 이야기들이라 모두들 넋이 나간 듯했다. 이 순간을 노린 미겔은 못을 박듯 감상주의에서 벗어나 분명하게 상황을 정리했다.

"알레호 걱정은 하지 말자. 이쯤 되면 거의 죽었을 거야. 유령들이 가만 내버려두지 않았겠지. 틀림없어. 유령들이 점괘판에 대답했던 거야."

라라가 노려보았고 파울라는 비명을 질렀다.

"혼자 놓아둘 수 없어."

파울라가 괴로워하며 말을 이었다.

"돌아가자!"

그런데 어디서 소음이 들려와 대화가 중단되었다. 라울이 소리쳤다.

"버스다!"

미겔은 라라가 이를 꽉 물면서 경멸하는 눈빛으로 파울라를 바라보는 모습을 보았다.

"그래. 가봐. 이제 가엾은 알레호를 해방시켜주는 거야. 우리는 집으로 돌아가고."

파울라가 겁에 질려서 고개를 저었다.

"나는…… 나 혼자는 돌아갈 수 없어……."

버스는 굉음을 내며 그들 바로 앞에 멈췄다. 라라는 뒤도 돌아보지 않고 첫 번째로 버스에 올라탔다. 미겔은 라울 먼저 타게 하고 파울라가 결정을 내리기를 기다렸다. 파울라는 슬그머니 손을 비비며 망설이다가 결국 부끄러워하며 버스에 올랐다. 그녀의 선의는 영웅적이지 않았다. 좋은 애처럼 보이는 외모와 달리 파울라는 실상 그나라라와 마찬가지로 쓰레기 같은 아이였다. 어쩌면 더 심할 수도 있다. 미끼를 던지고 달콤한 말과 미소로 알레호를 꼬여서 초대한 인물이 파울라니까.

미겔은 아무 말도 하지 않았지만, 파울라가 남았더라면 함께 했을 터였다.

라울이 옆자리에 앉아서 속삭였다.

"여자애들은 알 수가 없단 말이야."

라라와 파울라는 모르는 사람처럼 버스에서 멀리 떨어져서 앉았다.

"전에는 친구였어."

미겔이 말했다.

"그런데?"

"여자애들은 그래. 하루는 미친 듯이 좋아하다가 다음 날이 되면 죽여버릴 듯 돌변하더라구."

"야, 난 이해도 안 되고 이해하고 싶지도 않아. 처음에는 다정한 척 싸움 얘기를 하더니, 그 다음엔 함께 편먹고 널 공격하다 이제는 서로 모르는 척하고 앉았어!"

라울이 쌓인 걸 터뜨렸다. 미겔은 라울의 말에 동의하고 입을 다물었다. 정말 기분이 나빴다.

이 계획에 가담했다는 사실 때문에 마음이 불편했다. 왜 그가 양심의 가책을 느끼는지 알 수 없었다. 어쨌든 이건 장난이지 않나. 자그마한 장난. 누가 점괘판을 움직였는지 알 수 없는 것 역시 마음에 걸렸다.

미겔은 창밖을 바라보면서 잠시 기분 전환을 했다. 도시는 어둠에 잠겨 있었다. 미겔은 사람들이 각자의 집 안에서 잠을 자고 있다는 생각에 빠져들었다. 각각의 창문 뒤에 하나의 세계, 하나의 비밀이 있을 것이다. 문안에 있는 사람들의 삶은 작고 보잘것없고, 다른 사람들이 알지 못하는 각자의 궁핍함을 숨기고 있으리라. 그런데 그들은 알레호의 두려움을 밖으로 꺼내서 갖고 놀았다. 불안해하는 알레호를 비웃으면서 유령들 틈에 가둬놓았다. 작지만 잔인한 짓이었다. 모든 사람은 자기 사생활에 대한 권리가 있었다.

평화롭게 침대 위에서 예쁜 이불을 덮고 잠을 자고 있

는 사람들 중 그 누구도, 폐허가 된 옛 정신 병원이 유령으로 가득차 있고, 그곳의 차갑고 무시무시한 지하실에 한 소년이 쓰러져 있을 거라는 사실을 모를 것이다.

누구에게도 알레호는 중요하지 않았다.

"아! 다 왔다!"

라울이 외치자 미겔은 라울과 라라와 함께 내렸다. 그러나 파울라는 자리에서 꼼짝하기는커녕 버스의 불이 꺼질 때까지도 일어나지 않았다.

라울이 미겔보다 빨랐다. 먼저 버스에 뛰어올라 넋을 놓고 떨면서 움직이지 않으려고 하는 파울라를 밖으로 끌고 나왔다.

"자, 가자. 이러다간 약이라도 했다고 의심받아서 경찰서로 끌려가겠어."

라울이 말하자 파울라는 고개를 숙이고 흐느꼈다. 라라가 결정을 내렸다.

"집에 데려다주는 게 낫겠어. 상태가 말이 아니야."

"고마워."

파울라가 진심으로 말했다.

"말도 안 돼! 이제 우리가 애 보기까지 해야 해?"

라울이 외치자 라라가 맞서 소리쳤다.

"꺼져버려. 너 따윈 필요 없어!"

미겔은 라라의 편을 들어야 한다고 느꼈다. 라라는 그의 여자 친구니까. 모두들 그렇다고 말하니까.

"원하지 않으면 괜찮아. 라라와 내가 데려다줄게."

라라가 활짝 웃어 보였다. 자주 있는 일은 아니었다. 미겔의 눈빛을 희망으로 가득 채우고, 자신이 라라에게 반해 있음을 실감하게 하는 미소였다.

"미겔이랑 한잔하기로 약속했는데."

라울이 웅얼거렸다.

사실이었다. 미겔과 라울은 함께 바에서 맥주를 마시면서 토요일을 마무리하곤 했다. 혹시라도 누가 신분증을 요구하면 라울의 신분증을 보여주었다. 라울은 유급을 해서 이미 열여덟 번째 생일이 지난데다 수염도 있었다. 미겔은 16세였지만 키가 컸고 라울 옆에서 고개를 꼿꼿이 세우고선 안짱다리를 하고 걸었다. 말이 없는 카우보이 흉내를 내는 것이었다. 미겔은 무척 멋지다고 생각해서 거울 앞에서 연습까지 했다. 대단하게 보인다고 생각했다. 다른 사람들이 그를 그렇게 대하길 바랐다.

"오늘 밤에는 나랑 약속이 있어."

라라가 라울을 비난하며 말했다.

미겔은 라라의 거짓말을 들으며 침을 삼켰다. 라울과 라라가 다투다니. 둘이 그를 두고 서로 내기를 거는 건 처음이라 자기가 중요한 사람이 된 것 같았다. 누구를 선택해야 할지는 확실했지만.

"미안해. 라울. 라라와 약속이 있었던 걸 기억하지 못했어."

곧바로 그날의 두 번째 찬란한 미소를 보고서 미겔은 선택이 적중했다는 사실을 깨달았다. 마침내 흥미로운 밤이 시작되고 있었다.

"나중에 전화할게!"

미겔은 두 명의 여자애와 함께 멀어지며 친구에게 소리쳤다.

그는 모퉁이를 돌 때 고개를 돌려 라울을 보았다. 라울은 길 한복판에서 방황하는 듯 보였다. 길을 잃은 것 같았다……. 아니면 버려진 강아지 같았다.

미겔은 마음이 아팠다.

8장
알레호

 알레호는 종잇장처럼 부들부들 떨었다. 탭댄스를 추듯 이가 덜덜 부딪히는데 멈출 수가 없었다. 추워서 그런 줄 알았지만 깨닫고 보니 두려움 때문이었다. 그는 공포에 질려 있었다.

 그는 뭘 해야 할지 모르겠다고, 세상이 미쳐 돌아가는데 뭘 잡고 버텨야 할지 모르겠다고 겁에 질려 생각했다. 몇 달 전 학교에 첫발을 디딘 그날부터 모든 것이 흔들렸다. 현실이 연극처럼 이어지는데 그는 쉽게 믿어버리는 천성 때문에 거기에 계속 걸려 넘어졌다.

 어떻게 이 정도로 바보 같을 수 있을까? 어떻게 한순간이라도 그 무리들이 그를 비웃는 것이 아니라 그와 함께 웃고 싶어 한다고 믿을 수 있나? 어떻게 파울라가 그를 좋아한다고 생각했을까? 파울라 생각을 하니 가슴이 산산조각 났다. 파울라, 그가 사랑하는 파울라가 그를 속이고 이용한 뒤 그를 은쟁반에 담아 망나니들에게 넘겨버렸다. 장난이라도 끝까지 가버렸다.

이곳에 갇힌 지 무척 오래된 것 같았다. 어둠 속에서 알 수 없는 소리들이 점점 더 크게 들려왔다. 하나의 감각을 잃으면 다른 감각이 발달한다고 한다. 환경에 적응하면 시각 장애인들은 더 잘 듣게 되고 청각 장애인들은 더 잘 보게 된다. 확실히 아무것도 보이지 않는 이 순간에 알레호는 모든 것을 들을 수 있었다.

잡음과 누가 속삭이는 것 같은 소리 외에도 삐걱대는 소리, 깨지는 소리가 들렸다. 소름이 끼쳤다. 쥐들일까? 뱀? 무당벌레들? 박쥐들? 거미들? 주위에서 기어다니며 어슬렁거리는 생명체들이 옆에 있는 것 같았다. 마치 보이지 않는 야생동물들이 한가운데 알레호를 두고 둘러앉아서, 간식거리로 삼기 전에 군침을 흘리며 손발을 문지르는 것 같았다.

뭔가 해야만 했다. 아무것도 하지 않은 채 여기서 팔짱을 끼고 가만히 있을 수는 없었다. 불안감이 슬금슬금 기어와 그를 사로잡았다. 그는 이 증상들을 잘 알았다. 손에 땀이 나고 심장이 쿵쾅쿵쾅 뛰다 보면 두려움의 포로가 되어 꼼짝할 수 없게 될 것이다.

그는 맨손으로 바닥을 더듬거리며, 역겨운 동물이나 살아 있는 뜨거운 살덩어리가 만져지는 바람에 원치 않게 소리 지를 일이 생길까 봐 불안해 어쩔 줄을 몰랐다.

아무것도 없었다. 불을 켤 수 있는 그 무엇, 그가 버려진 채 죽어갈 이 어둠 속을 밝힐 것이라고는 아무것도 없었다. 그들이 배낭과 폰을 가져가버렸다. 바닥에는 점괘판과 미겔이 다섯 개 초 중 남겨놓은 한 자루만 있었다. 그러나 어디에도 라이터나 성냥이 없었다. 문은 닫혔고 알레호는 아무도 다니지 않는 저주받은 건물 지하에 버려지고 괴롭힘을 당한 채 완전히 혼자 남았다.

완벽한 덫에 걸렸다.

'이제 어떻게 하지?' 하고 알레호는 자문했다. 불한당들은 결코 돌아오지 않을 것이며 그는 이 안에서 방치되고 잊혀진 채 죽어갈 것이다. 아무도, 심지어 어머니조차도 그가 어디에 있는지 알지 못했다. '아니야, 안 돼.' 알레호는 이 말만을 반복해 뇌까렸다. '파울라는……' 파울라가 그가 죽기를 바란다고는 믿을 수 없었다. 그럴 가능성을 생각하자 가슴이 찔리듯 아파왔다.

몇 걸음 옮겼을 때 천장에서 꽁꽁 언 찬 바람이 불어오는 것이 느껴졌다. 겉보기에는 고립된 방처럼 보였는데, 바람이 들어왔다. 천장 틈으로 스며든 바람이 내는 휘파람 소리가 들려왔다. 귀를 좀 더 쫑긋 세우면 신음 소리도 들을 수 있었다.

신음 소리인가? 아니면 웃음소리인가?

그는 미쳐가고 있었다. 그랬다. 그는 소리를 듣지 않으려고 귀를 막았지만 머릿속에서 소리가 울려 퍼졌다. 그는 신음하며 한쪽 구석에 몸을 웅크렸다. 몸이 마비되어가며 조금씩 시간과 공간, 자기 몸에 대한 의식을 잃어가는 게 느껴졌다. 아마도 죽어가고 있나 보다. 죽기 직전에는 기억들이 차례로 지나가면서 조금씩 살아 있다는 감각을 잃게 된다고 했다.

몇 시간이 지났는지, 몇 분이 지났는지 알 수 없었다. 그런데 갑자기 폭발음이 들리는 바람에 알레호는 깨어났다.

꽝!

방문에 있던 유리가 수천 조각으로 깨졌다. 갑자기 깨어난 알레호는 무서워 죽을 것 같았다. 그는 소리를 지르며 눈을 감았다. 눈을 뜨자 몸에 감각이 없었다. 팔다리에는 힘이 안 들어가고 손은 차갑게 굳었다. 그런데 눈앞에 소름끼치도록 하얀 빛이 나타나 별처럼 반짝였다.

희망의 빛, 터널 끝에 있는 빛이다.

그는 죽은 것인가?

9장
미겔

미겔은 초조하게 몸을 비틀었다.

라라가 욕실에 들어간 뒤 한참 시간이 지날수록 기다림이 영원처럼 느껴졌다.

미겔은 불안한 마음에 하트 모양의 쿠션으로 가득 찬 핑크색 플란넬 침대에서 일어나 마지막으로 거울에 모습을 비춰 보았다. 다투기도 했고 폐건물을 오가느라 받은 스트레스도 컸지만 머리카락은 집에서 나오기 전 바른 왁스대로 처음처럼 그대로였다. **최대 24시간 완벽 고정!** 이라고 눈에 띄는 붉은 글씨로 씌어 있던 광고문이 생각났다. 거짓 광고는 아니었나 보다.

손을 올려 앞머리를 만졌다. 라라의 방에 들어온 후 그는 세 번째로 머리를 다시 다듬었다.

왜 이렇게 오래 걸리는 걸까?

침대로 돌아가 지금 상황에 크게 연연하지 않는다는 듯 태연한 태도를 가장하기 전에, 미겔은 셔츠의 가장 위에 달린 단추 두 개를 풀기로 했다.

초조했다. 무척 초조했다.

라라가 달콤한 말로 '잊을 수 없는 밤'을 보내자고 제안해, 함께 라라의 집에 오게 될 줄 알았더라면 좀 더 정성껏 준비했을 텐데.

반 친구들은 미겔과 라라가 카마수트라◎에 나온 모든 것을 경험했을 거라고 확신하고 있었지만 사실은 아니었다. 두 사람을 부러운 눈빛으로 바라보는 친구들 앞에서 미겔은 사실을 밝히려는 어떤 노력도 하지 않았다. 친구들이 자세한 이야기를 해달라고 하면 자신만만한 미소를 지어 보이고는 대화를 다른 방향으로 돌렸다. 효과적인 작전이었다. 그의 성생활이 말할 필요도 없을 만큼 열정적일 거라고 믿은 친구들이 그를 계속 부러워하며 바라보았기 때문이다.

그렇지만 누군가 사실을 알게 될까 봐 미겔은 무척, 무

◎ 고대에 인도에서 만들어진 성性에 관한 교과서.

척 초조했다. 미겔과 라라는 학교에서 가장 멋진 커플이었지만 사실 우스운 볼 키스와 어린아이 수준의 신체 접촉에서 더 나아가지 못했기 때문이다.

그는 한 걸음 더 나아가려고 애를 쓰면서 희망도 잃지 않았다. 부끄럽지만 지갑에 콘돔을 넣고 다닌 지가 이제 일 년도 넘어서 아마 지금쯤은 유효 기간이 지났을 수도 있다. 미겔의 열다섯 번째 생일 때 온 가족이 보는 앞에서 마놀로 삼촌이 선물로 주는 바람에 무척 민망했던 물건이다.

"이제 너는 남자야. 이제는 책임을 져야 할 때지."

미겔이 토마토처럼 얼굴이 시뻘게져서 선물을 받자 삼촌이 이렇게 말했다. 분명히 생일 선물로는 맞지 않았지만 삼촌에게서 '이제 때가 되었다'는 이야기를 들은 것이 더욱 부담스러웠다.

모든 사람들이 '이제 때가 되었다'고 믿고 있었다. 라라만 빼고 모든 사람들이. 라라는 그 '때'를 늦추려고 노력했다. 은밀한 장소에 단둘이 있지도 않았고 둘만의 긴장감이 치솟는 순간을 모면하려고 항상 핑계와 이유 들을 댔다. 알 수 없는 이유로 라라가 선을 넘기로 결심한 오늘 밤까지 말이다. 단 몇 시간 전까지만 해도 그 선은 미겔에게 무너뜨릴 수 없는 돌로 된 벽처럼 느껴졌다.

미리 알았다면 샤워를 하고 향수를 뿌리고 정성껏 준비했을 텐데. 그러나 마지막 순간에 변덕을 부린 거라 라라는 이날 집에 혼자 있다는 사실조차 미겔에게 말해주지 않았었다. 미겔은 둘만 오붓하게 낭만적인 주말을 보낼 수 있는 기회에 왜 알레호를 괴롭혔을까 이해할 수 없었다.

왜? 도저히 이해할 수 없는 일이다.

금요일에 라라의 계획을 듣고 둘이 격렬하게 다투었을 때, 그때도 라라는 자기가 주말 내내 혼자 있을 거라는 사실을 미겔에게 숨겼다. 그는 온갖 방법을 동원해 병원에 침입하는 건 위험한 생각이라고 라라를 설득하려 애썼지만 라라는 "넌 쓰레기야!"라고 대답했다. 그는 언제나처럼 입을 다물고 넌 생각이 없다는 말을 하지 않으려 혀를 깨물었다. 라라가 왜 그토록 터무니없는 장난을 치려고 하는지, 방어할 힘도 없는 순진한 알레호의 생활을 완전히 망치기 위해 왜 그렇게 집착하는지 이해할 수 없었다. 어쩌면 단순히 라라이기 때문이라서일 것이다. 그리고 그는 맹목적으로 그녀의 말에 복종했다. 남자 친구였으니까. 그가 라라의 남자 친구여서 모두 그가 멋진 애일 거라고 생각했다. 전혀 아닌데 말이다. 라라에게서 뿜어져 나오는 아우라 때문에 라라의 옆에 있으면 미젤도 빛나 보였다. 라라는 예쁘고 똑똑하고 명랑하고 야심이 강하며 자신감이 넘치는 대단한 아이였기 때문이다. 그런데 미젤은 평균 축에도 들지 못했다.

갑자기 방문이 열리고 라라가 연습을 모두 마쳐 준비된 듯한 동작으로 당당하게 들어왔다.

그녀는 머리를 빗고 향수를 뿌리고 속이 비치는 장밋빛 잠옷을 입고 있었다. 눈이 부셨다. 성인 잡지의 표지 모델 같았다.

미젤은 더 초조하고 불편해져서 입술을 깨물었다. 적절하게 행동하지 못해 라라 앞에서 우스꽝스러워질 것이 분명했다.

"무슨 일이야? 맘에 들지 않아?"

갑자기 라라가 쏘아붙였다.

"아니, 당연히 좋지. 너는……. 정말 예뻐."

그는 급하게 대답하느라 말을 더듬거리다 곧바로 실수했다는 것을 알아차렸다. 왜냐하면 라라가 눈에 띄게 실망해서 인상을 찡그렸기 때문이다.

"예쁘다고?"

"정말이지 눈부시게 아름답다고 말하고 싶었어."

미곌은 다시 고쳐 말했다.

그런데 그 말이 라라를 더 화나게 만든 것 같았다. 라라는 침대에 걸터앉아 공격적으로 팔짱을 꼈다.

"눈부시게 아름답다······. 차라리 내가 무척 상냥하다고 말하지 그래."

순진한 미곌은 함정에 빠졌다.

"그래. 맞아. 너는 눈이 부시게 아름답고 또 무척 상냥해."

라라는 혀를 차고는 갑자기 미곌에게서 떨어져 앉았다. 당황한 미곌이 다가가서 키스를 하려고 했지만 라라는 고개를 돌렸다.

"날 그냥 내버려둬. 혼자 있고 싶어."

미곌이 당황해서 물었다.

"뭐라고? 왜?"

"낭만적이지가 않잖아."

미곌은 숨을 쉬었다. 이 비난을 어떻게 해석해야 할지 몰랐다. 낭만적인 게 뭐지? 그는 일단 시도했다.

"라라, 나는 너와 함께 밤을 보내고, 너와 사랑을 나누고, 한 침대에서 껴안고 잠을 자기를 무척이나 기다렸어.

오래전부터 그런 꿈을 꾸었어."

"나와 함께 있는 꿈을 꾸었다고?"

라라가 눈을 반짝이며 물었다.

"물론이야."

미겔이 대답했다.

자주 라라와 함께 있는 꿈을 꾼 건 사실이었다. 그러나 대부분의 꿈이 그녀가 그를 학대하거나 조롱하는 악몽이었다고는 털어놓지 않았다.

고백에 감동한 라라는 미겔의 꿈에 자기가 등장했다는 사실에 기분이 좋아져서 유혹적인 미소를 짓고는 그에게 부드럽게 키스를 했다. 미겔은 열정적인 키스로 답한 지 몇 분도 지나지 않아 이제 그녀를 침대에 눕히는 데 성공했다. 키스가 점점 더 길고 촉촉해지다가 대담한 애무도 이어졌다. 분위기가 한껏 달아올랐다.

믿기지 않는 현실이었다. 사건이 일어나는 순간이다. 이날 밤은 마침내 미겔 카르도나가 동정을 잃는 밤이 될 것이다. 수많은 형용사로 치장해서 친구들에다 자식들이 적당한 나이가 되면 아이들에게도 이야기해야 할 역사였다. 정말로 중요한 생생한 이정표였다. 이제 남자가 되는 것이다.

미젤은 무척 긴장해서 라라의 머리카락에 대고 있던 오른손을 서툴게 등 쪽으로 미끄러져 내려오게 했다. 엉덩이를 만질 만큼 더 아래로는 손을 내릴 수가 없었다. 아직은 아니었다.

라라가 그의 대담한 행동에 잘 답하는 것 같아 미젤은 안도의 숨을 내쉬었다. 그런데 어떻게 계속해야 할지 알 수 없었다. 잠옷의 끈을 풀어야 하나? 완전히 잠옷을 열어젖혀야 하나? 가슴을 만져야 하나?

모든 것이 너무나도 위험해 보였다. 미젤은 떨고 주저하면서 만약을 대비해 손을 앞쪽으로 움직여 부드럽게 배를 쓰다듬었다. 라라를 너무 좋아해서, 그가 만일 실수라도 해서 예선을 넘기기도 전에 시험에 떨어지게 될까 봐 두려웠다.

잘 되어가고 있어. 미젤은 용기를 내려고 그렇게 생각했다. 그러면서 다른 손으로 라라의 잠옷을 열기 위해 시도했다.

갑자기 라라가 바이올린 줄처럼 팽팽해지더니 배를 만지던 손을 밀어냈다.

뭐지? 뭘 잘못했지? 미젤은 부끄러워서 어찌할 바를 몰랐다. 너무 진도를 빨리 나갔나? 키스를 제대로 하지 못

했나? 아니면 자신이 경험이 없다는 걸 그녀가 알아차리기라도 했나?

"무…… 무슨 일이야?"

미겔이 괴로워하며 물었다. 어찌 됐든 라라가 빨리 대답을 줘서 고통의 시간을 끌지 않는 편이 나았다.

"아니, 그게…… 감정이 안 살아."

"하지만 우리 아주 좋았잖아!"

"나는 아니야."

두려워했던 일이다. 미겔은 그녀를 만족시킬 줄 몰랐다.

"나에게 요구하는 거나, 네가 좋아하는 걸 난 뭐든 할 수 있어."

"혼자 있고 싶어."

미겔은 크게 기가 꺾였다.

"하지만…… 왜 지금 갑자기?"

"갑자기가 아니야. 이미 혼자 있고 싶다고 했는데도 네가 맘대로 한 거잖아."

"난 널 맘대로 하지 않았어!"

라라가 말을 바꿨다.

"정신 병원 영상을 빨리 편집하고 싶어. 틀림없이 성

공할 거야."

이제 충분했다. 그는 허탕칠 수도 있단 생각을 했어야 했다. 삶은 결코 쉽지 않고, 쉬워 보인 것조차 모두 어려웠다. 이제 실망을 수습하고 기대를 낮추는 법을 배우는 것이다. 미겔은 자기가 너무 순진했다고 자책했다. 손쉽게 승리를 앞뒀었지만 지금은 패배를 인정해야 했다.

"좋아. 그러면 영상 편집을 하자."

그가 받아들이자 라라가 거의 혐오스럽다는 듯한 말투로 대답했다.

"아니. 너는 아니야. 집에 가."

"하지만, 하지만…… 너랑 같이 밤을 보내자고 했잖아!"

미겔이 당황해서 말했다.

"생각이 바뀌었어."

미겔은 침을 삼켰다. 라라의 말에는 다른 해석의 여지가 없었다. 단호하고 냉혹했다. 너무나도 분명해서 더 이상 어떻게 말을 붙일 수도 없었다. 라라는 조용히 책상으로 가서 앉더니 그에게 등을 보이고 편집을 시작하기 위해 컴퓨터를 켰다. 마치 그가 존재하지도 않는 것처럼.

미겔은 소리도 내지 않고 입도 열지 않은 채 방을 나와서 등 뒤로 문을 닫았다.

그리고 터덜터덜 집으로 돌아오는 길에 허탈한 마음으로 자신이 무엇을 잘못했는지, 무슨 말을 할 수 있었는지, 무엇을 할 수 있었는지 자문하다가, 갑자기 이미 너무 늦은 시간이라는 사실을 깨달았다. 이날 밤 두 번째 기회가 있을 리 없다. 미겔은 결국 최악의 악몽이 현실이 되었다는 끔찍한 결론에 이르렀다.

그, 미겔 카르도나가 기대에 미치지 못한 것이다.

10장
라라

―안녕하세요. 구독자 여러부우우우운! 제가 어디에 있는지, 그리고 이처럼 소름이 오싹 끼치는 곳에서 무엇을 하고 있는지 궁금하시겠죠.

라라는 영상 초반으로 다시 돌아가서 재생 버튼을 눌렀다.

―안녕하세요. 구독자 여러부우우우운! 제가 어디에……

라라는 정지 버튼을 누르고 화가 나서 다시 뒤로 돌아갔다.

―안녕하세요. 구독자 여러부우우우운!

라라는 다시 영상을 멈추고 컴퓨터 화면 전체를 차지한 클로즈업된 자기 얼굴을 자세히 관찰했다.

그녀는 마우스로 줌을 조금씩 조금씩 더 당겨 확대했다. 마침내 무엇인지 알아볼 수 없을 지경으로 얼굴이 커지자, 라라는 눈길이 갔던 붉은 점 주위로 화면을 맞췄다. 역겨운 표정이 절로 나왔다. 믿을 수 없었다. 아니야…… 아니야…… 아니야아아아!!!

하지만 정말로 여드름이었다.

반드시 제거해야 했다. 구독자들이 여드름이 난 얼굴을 보게 할 수는 없었다. 게다가 보통 크기의 여드름도 아니었다. 기괴하고 기형에다 말도 안 되는 크기다!

라라는 컴퓨터 옆에 있던 잔을 들어 쓰고 역겨운 음료를 한 모금 마셨다. 목구멍으로 넘어가는 순간 고스란히 느껴지는 맛을 피하기 위해 코에 힘을 주고 숨을 참았다. 브이로그에서 스스로 이걸 먹고 4킬로를 빼겠다고 장담했던 기적의 다이어트 차, 밀크시슬 차였다. 짧은 기간에 끝낼 수 있는 다이어트라고 했지만 맛은 역겨웠다. 그리고 무엇보다 터무니없는 광고였다. 이미 일주일이나 지났지만 살은 일 그램도 빠지지 않았고 고문만 당했다.

모든 것이 기대한 반대로만 돌아갔다.

성이 나서 책상 서랍을 연 라라는 안에서 지방과 칼로리가 높은 군것질거리가 가득 든 봉투를 꺼냈다. 손을 넣어 크림빵을 하나 집고는 씹지도 않고 숨도 쉬지 않고 화면에서 눈도 떼지 않은 채 급하게 먹었다.

이제 뭘 하지? 살려달라고 애원하는 알레호의 그 기가 막힌 영상을 빌어먹을 여드름 때문에 포기해야 할까? 이번 영상은 파급력이 좋아 조회수도 금방 오르고 구독자도 많이 붙을 거라는 확신이 있었다. 그러나 채널 구독자들이 여드름을 보게 하는 모험을 감행할 수는 없었다.

폰에 와츠앱 메신저로 들어온 문자가 도착했다. 또 다른 문자, 또 다른 문자가 계속 들어왔다. 라라는 폰을 흘끗 쳐다보고서는 실망해서 침대로 폰을 던져버렸다. 함께 있던 시간을 망친 것을 부끄러워하며 두 번째 기회를 애원하는 미겔이길 바랐지만 그녀를 찾은 사람은 그가 아니었다. 성가신 파울라였다. 틀림없이 그녀가 벌였던 소동에 대해 사과하려는 것이리라. 참아주지 않을 거야! 그렇게 쉽게 용서할 줄 알고. 무시당하는 걸 느끼면 더 고통스럽겠지? 라라는 미겔과 라울에게 했던 것처럼 파울라도 벌할 생각이었다.

부르르… 부르르…….

폰이 침대 위에서 계속 진동했다.

설마 파울라가 전화를 걸고 있나? 무슨 생각인 거지?

전화를 받을 거라고 생각하나? 이미 수없이 많은 문자가 왔지만 라라는 읽지 않을 작정이었다. 자기하고 아무것도 하고 싶지 않다는 사실을 모르나?

라라는 초콜릿 쿠키 다섯 개를 입에 넣었다.

라라는 사실 정신 병원에 함께 간 모두에게 화가 나 있었다. 그들 중 누구도 누가 점괘판을 움직였는지 털어놓지 않았다. 마치 그녀가 바보인 듯 아무도 하지 않았다고 맹세했다.

그들은 장난 삼아 벌인 일을 망쳐버렸다. 라라는 용서할 수 없었다. 그들은 그녀가 이 일을 얼마나 공들여 준비했고 뒤에서 얼마나 많은 수고를 했는지에 전혀 관심이 없었다. 그녀는 항상 목표를 달성하기 위해 노력한다. 하루아침에 학교에서 가장 인기 있는 여학생이 될 순 없다. 노력해서 얻은 것이다. 그녀는 목표를 설정하고 달성하기 위해 필요한 희생을 감수했다. 알레호를 두려움에 차서 죽게 하든 초과된 몸무게 4킬로를 빼든 모두 마찬가지다.

라라는 크림과 초콜릿으로 뒤범벅된 손을 바라보고는 죄의식을 느꼈다. 일주일간의 다이어트를 방금 날렸다. 화가 나서 손을 씻기 위해 욕실로 가려고 일어났다가 거울 앞에 멈춰 섰다. '역겨워.' 라라는 전혀 찌지 않은 뱃살을 뽑아버리기라도 할 듯 움켜쥐며 생각했다.

 미겔이 그녀의 배를 보고 무슨 생각을 했을지는 상상조차 하기 싫었다. 그 멍청한 애는 그녀가 통통한 아기라도 되는 듯 감히 배를 만지고 꼬집으면서 재미있어 했다.

 정말이지 분위기를 깨버리는 짓을 잘도!

 라라는 밤을 함께 보내자고 초대한 걸 후회했다. 미겔 앞에서 거의 옷을 벗다시피 하고 자신을 보여주기 위한 각오를 하기까지 정말 힘들었다. 그리고 잠시 그 잠옷을 입고 머리카락을 풀었을 때 스스로도 매력이 넘친다고 느꼈다. 미겔이 그녀를 보고 겁에 질려 놀란 표정을 짓기 전까지 말이다.

 결코 그를 용서하지 않을 것이다.

 그 시선과 더듬거리는 말투, 그리고 영혼 없이 '예쁘다'고 했던 말이 그녀의 자존감을 부숴버렸다. 그리고 그는 그 약한 순간을 이용해서 그녀를 침대로 데려가 선을 넘었다. 왜 배를 만졌지? 아무리 노력해도 지금 몸무게에서 더는 뺄 수 없다고 상기시키고 싶었나? 그녀를 우습게 만들고 싶었나? 어쩌면 그녀를 망가뜨리려고?

 갑자기 그녀는 진정했다. 그거다! 어떻게 그렇게 순진할 수 있지? 자신감이 떨어지고 열등감이 있는 미겔은 스스로 만족감을 느끼기 위해 그녀를 무너뜨릴 필요가 있었으리라.

미겔은 그와 마찬가지로 그녀도 스스로를 별 볼일 없는 존재라고 믿게 하고 싶었던 것이다. 자기 수준으로 그녀를 끌어내리고 싶었던 것이다. 하지만 그런 일은 결코 허락할 수 없다. 라라는 계속 올라갈 것이다. 목표를 이루기에 모자라는 인간이라면 뒤에 처지도록 남길 것이다. 확신컨대 미겔이 그녀의 박자를 따라오지 못한다면 그녀가 그의 몫까지 감당하지는 않을 것이다.

딩동, 딩동, 딩동!

집의 벨 소리였다. 누군가가 밤 12시에 집에 와서 벨을 누르고 있었다. 누가 감히 미리 알리지도 않고, 미리 허락을 받지도 않고 나타날 수 있단 말인가? 다시 한 번 기회를 달라고 애원하러 미겔이 왔나? 하! 어림도 없지!

딩동, 딩동, 딩동!

벨은 초조하게 계속 울리고 있었다.

"나가요!"

라라는 수건으로 입을 닦고 급히 머리를 빗으면서 소리쳤다.

11장
라울

라울은 세 번째 맥주를 주문했다. 아무 의욕도 즐거움도 없이, 마치 잠들지 않기 위해 어쩔 수 없이 카페라떼를 주문하는 것처럼.

바에 앉았으니 마셔야 했다. 그렇지 않느냐고 라울은 생각했다. 게다가 편안한 곳이었다. 헤비메탈 음악이 흘러나오고 멋진 장식이 있으며 집 근처에 친근한 분위기인 그만의 바였다. 그와 비슷한, 아마 두어 살 정도 나이가 많을 웨이터와 이야기를 나누면서 여러 밤을 보내온 곳이다. 이 웨이터는 그보다 훨씬 더 여러 나라에 익숙한 사람이었다. 런던과 로스앤젤레스 등지의 바에서 일을 했다고 어느 날 이야기해주었다. 이름은 카를로스였는데, 멋지게 보이고 싶어서인지 찰스나 샤를르라고 부르라고 했다.

알 바 아니긴 했다. 라울은 영어를 잘하지 못했으니까. 그래도 찰스가 다녀온 곳처럼 먼 나라로 여행을 다니고 술을 서빙하기 위해서는 영어가 유용하다는 걸 알고 난 후에는 영어 시간에 좀 더 관심이 생겼다. 라울은 최근 영어 시험에서 3.75점을 받았다. 그 전에는 0.2나 0.1점을 받았었으니 작은 기적이 일어난 것이다.

그렇지만 의욕은 단 보름간만 유지되었다. 집에 가서 술집에서 웨이터로 일하고 싶다고 말했더니 어머니가 심장이 이상하게 뛴다며 응급실에 입원했다. 이제는 익숙해진 어머니의 전략이었다. 라울의 엄마는 어렸을 때부터 라울더러 너무 속을 썩여서 엄마 수명을 줄인다고, 실망스러운 아들이라고, 만족스럽게 행동하지 않아서 엄마 인생을 망친다고 비난했다. 그가 외아들이라는 게 어떻게 그의 잘못일까? 그럴 거면 왜 자식을 한 다스 낳지 않았나? 그랬다면 셋째, 일곱째, 아홉째 자식 정도는 자랑할 수 있었을 텐데. 외아들이라는 것은 가혹한 형벌이다.

"어이, 지루해 보이네. 나 저 테이블 끝내면 함께 마시자."

찰스가 한쪽 눈을 찡긋하면서 말했다.

라울은 한숨을 내쉬었다. 찰스는 섬세한 사람이라 라

울이 나름의 어려움도 있고 기분의 높낮이도 있고 나쁜 일도 겪는 인간이라는 사실을 알았다. 예를 들어, 라울은 그날 밤 볼 수도 만질 수도 없지만 어딘가에서 나타난 악령들의 장난 말고도 미겔의 배신으로 화가 났다. 그를 제치고 라라의 가슴을 만지는 걸 택하다니. 도저히 이해할 수 없었다. 우정은 모든 것보다 우위에 있는 성스러운 것이다. 라울은 결코 미겔을 버린 적이 없다. 한밤중에 미겔이 전화를 걸어 뭔가를 부탁한다면, 필요하다면 팬티 바람으로라도 거리에 나갈 것이다. 친구를 위해서라면 온몸을 갈아넣어 얼굴이 다 깨지는 한이 있더라도 싸울 것이다. 친구란 정말이지 가장 중요한 존재 아닌가? 친구란 인류가 계속 생존해온 이유다. 친구들과 함께 있으면 라울은 비참함을 잊고 너그럽고 이해심 많은 사람이 되었다.

배신이란 그의 머릿속에 없는 단어였다.

"어이! 건배!"

라울과 자기 몫의 진토닉을 준비해 온 찰스가 외쳤다. 라울은 숨을 쉬고서 웨이터 친구가 준 잔을 들었다.

"건배!"

그러고는 한 모금 길게 마셨다.

"귀신 촬영은 어땠어?"

"뭐라고?"

"정신 병원에 가서 강령술 하는 걸 녹화할 거라고 말했잖아. 안 그래?"

"아, 맞아. 맞아."

뭐라고 말했는지 기억도 나지 않았고 강령이 무슨 단어인지 이해도 못 했지만 어쨌든 라울은 대답했다.

"우리는 피 흘리는 영혼과 마주쳤어."

"웃기지 마!"

친구가 관심을 갖자 라울은 기운이 났다.

"복수를 원하더라. 분명히 말하던데. 점괘판으로 또박또박 말하더라니까."

찰스도 한 모금 마셨다.

"정말로?"

"물론이지! 우리가 녹화했어. '복수', 그리고 '너희들 죽을 거야'라고 말했어."

"그거 센데! 누구래? 자기가 누구인지 말해?"

"아니. 친구들 다 너무 겁에 질려서 죽을힘을 다해 빠져나오느라 바빴어."

찰스가 기침을 했다.

"잘했어. 위험한 일이야."

그러더니 한 모금 더 마시고 나서 계속 이야기했다.

"로스앤젤레스에서 당한 친구들이 있어. 페요테 순례길◎에서 왔다는 멕시코인 두 명이었지. 완전 끔찍했어."

"무슨 말이야?"

"영혼들 소리를 녹음하러 갔는데 유령들이 걔들을 처리해버렸지 뭐야. 사이코패스 살인자가 일가족을 죽인 집이었어."

라울은 알레호를 그런 곳에 두고 왔다는 생각이 들어서 몸서리를 쳤다.

"죽었다는 말이야?"

"다음날 둘은 피를 흘리며 싸늘하게 죽어 있는 채로 발견되었어. 영혼들이 무척 화나 있었던 거지."

라울은 어떻게 된 일인지 이해할 수 없었다.

"그런데 그들은 몸이 없는데 어떻게 죽일 수 있어? 칼을 어떻게 잡아서 목을 벤단 말이야? 어떻게?"

찰스가 잠시 생각하고 대답했다.

◎ 멕시코의 전통적인 '환각 선인장(페요테)'을 찾아 떠나는 영적 여행. 본문에서는 두 사람이 영적인 체험이나 환각 상태를 경험한 뒤 귀신이 나오는 집에서 영혼의 소리를 녹음하다가 죽었다는 괴담으로 묘사된다.

"그래서 그게 무서운 거야. 논리적으로 말이 안 되니까. 하지만 맹세컨대 둘은 죽었고, 걔네를 죽인 건 지독한 복수의 영들이었어. 모두들 그렇게 말했지."

터질 것 같은 셔츠를 입고 바티칸의 돔보다 더 큰 시계를 찬 근육질 남자가 그들의 이야기를 중단시켰다.

"내가 불렀잖아! 내 말 안 들려?"

찰스가 눈을 들어 남자를 바라보았다. 인내심이 바닥나는 시간대였다.

"조용히 해, 어이, 조용히 하란 말이야. 내가 지금 친구와 이야기중이니까 줄이나 서라고."

"씨발, 친구고 나발이고! 연애는 일부터 끝내고 하지."

찰스는 꿈쩍도 하지 않았지만 라울은 갑자기 불같이 화가 치밀어 올라서 씩씩거렸다.

"뭐라고 지껄였어?"

"너희들 거지 같은 게이라고!"

남자는 더 이상 말을 할 수 없었다. 라울이 오른 주먹으로 왼쪽 눈을 적중시켰기 때문이다.

무기는 이미 준비되어 있었다.

12장
라라

딩동, 딩동, 딩동!

라라가 문을 열자, 마르고 창백한 형체가 빛처럼 집 안으로 들어와서 소파 뒤에 숨었다.

"닫아! 문 닫아! 문 좀 닫아줘, 제발!"

파울라가 소리 지르면서 애원했다. 헝클어진 머리카락에 눈 주변에는 다크 서클에다 얼굴에는 공포의 빛이 역력했다.

라라는 마지못해 문을 닫았다. 그리고 파울라의 목소리와 몸짓이 동요를 일으켰다는 사실을 깨달았다. 파울라는 숨을 기관차처럼 몰아쉬었고 눈동자도 크게 확장되어 귀신이라도 본 듯했다.

이 얌전 떠는 애한테 도대체 무슨 일이 생겼담?

"나를 따라오고 있어. 도와줘!"

극도로 신경이 곤두선 듯한 파울라가 그녀에게 달려들어 셔츠를 잡고 늘어지면서 애원했다. 그러고는 금세라도 튀어나올 것 같은 눈으로 주변을 둘러보며 사시나무처럼 떨었다. 파울라의 심장 뛰는 소리가 라라의 귓가에도 들리는 것 같았다.

라라가 파울라를 밀쳐냈다.

"손대지 마!!!"

라라는 허락 없이 자기 몸을 만지는 것을 참을 수 없었다. 파울라가 폰을 꺼내더니 무언가 계속 말하려고 했지만 말이 잘 나오지 않는 듯했다.

"그러니까 네가…… 여길 좀 봐……."

"정신 차려!"

라라는 자기 방 쪽으로 파울라를 밀면서 명령했다. 라라의 방 안에 들어가자 파울라는 조금 천천히 숨을 쉬기 시작하더니 고개를 들어 주변을 살펴보고서야 겨우 진정되었다. 마침내 파울라가 말했다.

"여기서는 걔 말이 안 들려."

"누구?"

파울라가 침을 삼켰다.

"알레호."

"알레호는 폰이 없어. 라울이 가져왔잖아. 너한테 전화를 걸 수 없다고."

파울라가 양옆으로 고개를 저었다.

"나한테 전화를 건 게 아니야……. 나에게 말을 했어. 걔 목소리였어. 그리고 다른 목소리들도 있었어."

"무슨 목소리들?"

파울라가 더듬더듬 힘들게 말을 했다.

"모르겠어……. 멀리서 들려오는…… 목소리들이었어……. 그리고 내 주변에서…… 온 사방에서……. 마치……."

파울라는 울음을 터뜨렸다.

"유령들?"

라라가 혀를 차며 대꾸하자 파울라는 고개를 끄덕였다. 라라가 이해했다고 생각한 그녀는 계속 더 이야기했다.

"맞아. 유령들 같았어……. 뭐라고 말을 했어. 날 협박했어……. 아직도 그 말이 들려……. 끔찍해……. 너한테 전화도 걸고 와츠앱에 문자 메시지도 남겼는데 보지 않더라. 그래서 경찰에게 가려고 녹음했어……. 나는……."

"뭐라고?"

"그러니까…… 그러니까…… 네가 죽은 줄 알았어."

라라는 잠시 가만히 있다가 날카로운 웃음을 터뜨리며 파울라를 칭찬했다.

"아주 잘했어. 파울라. 까딱하면 속았겠어!"

하지만 파울라는 웃기는커녕 철없는 사람을 보는 듯한 표정을 지었다.

"진지하게 말하는 거야."

라라가 화가 치밀었다.

"잘 봐. 파울라. 난 너의 이 어린애 같은 이야기를 듣고 있을 시간이 없어. 가서 다른 친구들이나 귀찮게 하지 그래? 이를테면 너의 새로운 친구인 말레나라든가."

파울라가 당황스럽게 라라를 바라보자 라라는 파울라의 속내를 까발렸다는 느낌에 만족스러운 미소를 띠었다.

"하! 날 빼놓고 그 고래랑 노는 거 모를 줄 알았어?"

"그렇게 부르지 마!"

화가 났는지 파울라가 말을 끊었지만 라라는 이미 시작한 말을 멈출 수 없었다.

"나도 손가락만 빨고 가만히 있지는 않아. 숨어서 내 험담 하는 거 다 알고 있어. 무슨 말을 하고 다녀? 내 엉덩이? 내 옷? 내 머리카락? 그렇게 질투하는 거 부끄럽지도 않아?"

　최근 들어 파울라가 자기에게서 멀어져 그 바보 같은 말레나와 가깝게 지내는 걸 라라는 분명히 알고 있었다. 이해할 수 없었다. 말레나는 너무나도 보잘것없어서 아무런 흥미도 생기지 않는 아이이기 때문이다. 항상 같은 반이었지만 라라는 파울라와 친구가 될 때까지는 말레나를 무시해왔다. 그런데 둘 사이에 갑작스럽게 피어난 우정이 놀라웠던데다 가장 친했던 친구가 왜 그렇게 말레나를 좋아하는지 알고 싶어서 라라는 말레나에게 다가가보려고 했다. 그래서 어느 날 쉬는 시간에 라라는 말레나에게 팜플로나의 소시지처럼 보이게 하는 그 딱 맞는 바지를 너를 위해 다시는 입지 말라고 친절하게 충고했다. 그런데 말레나는 그 타인을 배려한 충고에 감사하는 대신 이렇게 맞섰다.

　"내 엉덩이가 뚱뚱하다고 말하지 그래. 어?"

　"네가 그렇게 말하는 거지. 너 뚱뚱하다고. 나는 그런 말 안 했어."

　라라는 상냥하게 지적했다. 물론 뚱뚱한 말레나의 몸이 시야를 방해한다고 생각했지만 결코 직접 말할 일은 없었다. 그건 그녀의 스타일이 아니다. 그녀는 우아하고 섬세하니까.

"그래. 나 뚱뚱한데 뭐 어때서? 신경 쓰여?"

말레나가 쓸데없이 기분 나쁘게 굴었다.

"전혀 당당하게 굴 일도 아니지."

라라가 작은 소리로 중얼거렸지만 말레나가 그 말을 들었을 것이라고 확신했다.

즉각 효과가 나타나 말레나가 폭발하더니 라라의 얼굴에다 대고 "나는 행복해. 나는 내 맘대로 살고 있고, 그게 부끄러운 일도 아니야."부터 시작해서 말레나만이 할 수 있는 바보 같은 말을 퍼부었다.

말레나는 설마 정말로 바다표범처럼 살 권리를 악착같이 지키는 건가? 아니야. 함정에 빠지면 안 돼. 라라는 스스로에게 말했다. 말레나처럼 되면 하등 좋을 일이 없었다. 사실 그건 쉬운 길이다. 여러 해 전부터 피하면서 삶에서 지우려고 애쓴 길이다. '지방은 멀리!' 라라는 크루아상을 앞에 놓고 침을 흘리면서 반복해 되뇌었다. 그런데 그 무례한 애가 면전에서 감히 그 모든 노력이 의미없는 짓이라고 해? 자신의 뱃살이 자랑스럽다고 선언하면 다이어트의 고통을 겪지 않아도 된다고? 하! 그건 패배자, 실패자들의 말이야. 말레나는 멍청했다. 평생 그렇게 살라지.

그리고 파울라도 달리 행동을 하지 않는다면 말레나처럼 그렇게 인생을 끝낼 것이라고, 라라는 머릿속에 간직했던 모욕을 덧붙여 생각했다.

"라라! 내 말 듣고 있어?"

파울라가 소리쳤다.

라라는 말레나에 대한 기억을 떨쳐냈다. 그리고 다시 현실로, 그녀의 방으로, 알레호에게 본때를 보여준 이날 밤으로, 미겔이 그녀의 자존심을 건드린 밤으로, 그리고 알레호의 영혼을 끌고 파울라가 집까지 찾아와 성가시게 구는 악몽의 밤으로 돌아왔다.

라라는 고개를 흔들었다.

"내 말 못 믿어?"

"당연히 못 믿지."

하는 수 없다는 듯 폰을 꺼낸 파울라가 소리 재생 버튼을 눌렀다.

라라는 파울라가 엄숙하게 버튼을 누르는 태도에 압도되어 입을 다물었다. 파울라는 라라가 자기 말을 의심하는 데에 화가 났는지 시선을 피하지도 않고 건방지게 맞섰다.

폰에서 알 수 없는 소음이 쏟아져 나왔다. 웅성거려서 알아들을 수 없는 목소리들 같았다. 수군거림, 혼잡한 소음이었다. 그런데 갑자기 멀리서 알고 있는 목소리가 들려왔다…….

―*너는 다음 차례가 될 거야.*

파울라가 비명을 지르면서 녹음을 끄고 울음을 터뜨렸다. 이번에는 확실히 절망해서였다.

라라는 온몸에 소름이 돋는 것을 느꼈다. 마치 차가운 손 하나가 척추를 타고 내려오는 것 같았고, 아주 어렸을 때처럼 왼쪽 눈이 발작하듯 씰룩거리는 것도 느껴졌다. 그녀는 침을 삼켰다. 알레호의 목소리였다. 적어도 그렇게 들렸다.

"다시 한 번 틀어봐."

"못하겠어!"

파울라가 덜덜 떨리는 손을 보여주면서 소리쳤다.

라라가 단호하게 녹음을 몇 초 앞으로 돌리고 재생 버튼을 눌렀다. 그리고 이번에는 주의 깊게 들었다.

―*너는…… 다음…… 차례가 될 거야.*

알레호의 목소리가 각 단어마다 강조하듯 천천히 말했다. 마치 위협을 음미하기라도 하듯이.

파울라는 귀를 막았다. 친구가 몸서리치고 있었지만 라라는 끝내 녹음을 다 들었다.

—너희-는 다-죽을 것-이다.

라라는 마치 손바닥이 타는 듯해서 파울라의 폰을 바닥에 던졌다. 그러고는 파울라를 잡고 흔들며 소리쳤다.

"나 화나게 하려고 이래?"

파울라는 너무나 충격을 받은 나머지 방어할 힘도 없어서 라라를 막지 못했다. 의지도 잃고 단지 더듬거리기만 했다.

"내… 내가…… 배배신을…… 했어. 알레호를 속였어. 나한테 복수할 거야."

라라는 머리끝까지 화가 나서 파울라를 풀어주었다.

"물론이지. 만일 내가 알레호의 유령이라면 네 눈을 뽑아버릴 거야."

파울라는 두려워서 흐느끼며 몸을 동그랗게 말고 바닥에서 몸을 웅크렸다. 라라는 파울라에게 잔뜩 겁을 주면서 놀렸다.

"왜냐하면 알레호 걔를 거기에 나오게 한 게 바로 너니까. 우리가 무슨 일을 할 생각인지 한마디도 해주지 않았잖아. 걔가 너를 정말 마음에 들어했는데 말이지. 너는 나쁜 애야. 파울라."

파울라는 진드기처럼 라라의 다리를 붙들었다.

"그렇지 않아! 내가 아니라고 말해줘. 너희들이 나에게 강요했어. 나는 그러고 싶지 않았어! 알레호에게 말해줘! 말해달라고!"

파울라가 라라에게 상처를 냈다. 라라의 발목을 잡고 손톱으로 후벼팠다.

"좋아. 말해줄게. 하지만 나랑 같이 가야 해."

"어디?"

"어디길 바라는데? 정신 병원이지. 장난은 끝났어."

파울라는 몸을 더 움츠리고 벽에 바싹 붙었다.

"아니, 아니, 나는 가고 싶지 않아. 죽었어. 알레호는 죽었어. 만일 내가 간다면……. 알레호의 유령이 나를 죽일 거야!"

라라는 강제로 파울라를 일어나게 하고 입을 다물게 했다. 이제 이런 말도 안 되는 말을 듣는 데 지쳤다.

"이제 너랑 나는 병원에 가는 거야. 알레호를 구해서 걔네 엄마가 있는 집으로 돌려보내는 거지. 그리고 나서 너는 내 놀이를 망치고 오늘 밤과 내 방송을 망가뜨린 것에 대해 나한테 용서를 빌어야 해."

라라는 말을 하면서 동시에 나갈 준비를 했다. 그녀는 한꺼번에 여러 가지 일을 하는 데 명수였다. 큰 소리로 계획을 이야기하며 가방과 폰과 손전등, 열쇠를 챙기고는 금세 파울라의 팔짱을 끼고 계단에 섰다. 그녀는 확실하게 정했다. 단번에 이 바보 같은 일을 끝낸다. 택시를 타고 가서 알레호를 그 구렁텅이에서 끄집어내고 이 터무니없는 장난에 마침표를 찍을 것이다.

아쉽기 짝이 없었다. 훨씬 더 짜릿하고 재미있게 즐길 수 있었을 텐데.

하지만 파울라와 같은 인간을 데리고 즐긴다는 건 불가능했다. 계기가 조금만 생겨도 죄책감에 시달리다니.

13장
미겔

　미겔은 어둡고 습한 방에서 추위에 덜덜 떨며 출구를 찾으려 애쓰고 있었다. 그러나 유일한 문이 그가 있는 방향과는 반대쪽 멀리에 있었다. 먼 길을 걸어야 문에 도착할 수 있었고 그사이 낯선 존재들과 마주해야 했다.

　그는 침을 삼키고 용기를 내어 걷기 시작했다. 이제 한 발, 이제 또 다른 발. 벽을 타고 들려오는 신음 소리들과 목소리들이 도저히 정신을 차릴 수 없을 정도로 머릿속에서 윙윙거렸지만 애써 무시하며 귀를 쫑긋 세웠다. 라라가 조롱하는 웃음소리가 들렸다. 날카로운 라라의 목소리가 방 안 가득 울려 퍼졌다. "넌 정말 나쁜 놈이야." "넌 자격이 없어." "넌 사기꾼이야, 실패자야." 벽 너머에서 라라는 그에게 침을 뱉고 상처를 주었다. 미겔은 다리가 꺾였지만 멈추지 않았다. 한시라도 빨리 그곳을 빠져나가고 싶었다. 그런데 어떤 사람의 그림자가 걸음을 막아섰다.

그를 다시 죽이려고 라라가 나타났나? 아니다! 미겔은 겁에 질려 뒷걸음을 쳤다. 그의 길을 막은 사람은 피투성이가 된 채 눈을 부릅뜬 알레호였다. 비명을 지르며 도망치려 했지만 이미 너무 늦었다. 알레호가 그의 멱살을 잡고 중얼거렸다.

"너였지!"

"아니야아아아아아아아아!"

미겔은 펄쩍 뛰고서 눈을 뜨고 주위를 살펴보았다. 어디에 있는지 알아보지 못하다가 정신을 차리니 자신의 방이었다. 침대에 누워 있다는 사실을 알아차리고서 그는 안도의 한숨을 내쉬었다. 꿈을 꾼 것이다. 전부 악몽이다. 땀에 뒤범벅이 된 이마를 닦고 보니 파자마 바지에 축축하게 따뜻한 느낌이 들었다.

'젠장! 또 그랬으면 안 되는데!' 끔찍하게 몰려오는 의심 속에서 미겔은 사실을 확인하려고 이불을 걷었다.

예감은 틀리지 않았다. 또 침대에 오줌을 쌌다. '젠장, 젠장, 젠장!' 미겔은 침대 시트를 걷어 욕실의 세탁물 바구니에 구겨 던져 넣으면서 속으로 중얼거리고는 옷을 벗고 샤워 공간으로 들어갔다.

오래전에 끝난 일이었다. 이제 극복했다고 믿었지만 알레호에게 저지른 그 빌어먹을 장난이 신경 쓰여 도로 이 꼴이었다.

어렸을 때 부모님은 미겔을 병원에 데리고 가서 별 쓸모도 없는 수많은 검사를 했다. 이런저런 치료와 검사, 다이어트, 최면까지. 불공평한 처사였다. 정말 불공평한 일로 느껴졌다. 캠프에 갈 수도 없고 다른 아이들처럼 친구들의 집에서 잠을 잘 수도 없었다. 그래서 친구들보다 더 화가 많았고, 공도 더 세게 찼고, 아이들을 더 세게 때렸고, 가장 재미있는 녀석으로 보이려고 했으며 그러느라 가장 심한 농담을 하면서 선생님들에게 맞았다. 그는 항상 다른 친구들보다 한 발 앞서나갔다. 항상 누가 진실을 알아챌까 두려웠다. 학교에서 가장 인기 많은 학생인 미겔이 침대에 오줌을 싼다는 사실을.

그는 눈을 감았다. 샤워기의 뜨거운 물이 얼굴에 닿고 온몸으로 흘러내려 그를 씻어주고 깨끗하게 해주기를 바라며 몸을 맡겼다.

너무 많은 것을 지워버려야 했다. 봐달라고 사정하는 불쌍한 알레호의 모습, 알레호를 던져 놓은 버려진 음침

한 건물, 그리고 그것도 모자라 라라의 거절까지.

몸서리가 쳐졌다. 그는 나쁜 생각으로 가득 찬 머리를 물이 깨끗하게 해주기를 바라며 샤워기의 수압을 높였다. 그런데 이제 찬물이 나오기 시작했다. 보일러에 남아 있던 따뜻한 물을 다 써버린 것이다. 얼마나 오랫동안 샤워를 하고 있었는지 시간 가늠이 되고도 남는 좋은 신호였다. 너무 오래 있었던 것이다.

미겔은 어쩔 수 없이 수도꼭지를 잠그고 샤워 커튼을 열었다. 수증기 때문에 아무것도 보이지 않았다. 미겔이 더듬더듬 수건을 찾자 수건도 거의 흠뻑 젖어 있었다. 습기가 너무 많아서 그런 것 같았다. 젖은 수건으로 몸을 닦고 나니 뭔가 불쾌한 느낌이 들어, 그는 고개를 들었다가 깜짝 놀랐다. 김이 맺혀 흐릿해진 거울 위에 누군가가 이상한 메시지를 남겨놓았다.

다섯 중 하나다.

동생 토니밖에 이럴 사람이 없었다. 욕실 거울에 메시지를 남겨놓은 것이 이번이 처음도 아니다. 하지만 미겔이 해석할 수 없는 메시지는 이번이 처음이었다. 보통 토니는 부모님을 놀래려고 이상한 그림을 그리곤 했는데, 그런데…… *"다섯 중 하나"* 라는 말은 도대체 무슨 소리지? 팔로 메시지를 지우던 미겔은 끔찍한 비명을 질렀다.

거울이 피로 얼룩져 있었다. 미겔은 팔을 바라보고 공포에 질렸다. 팔이 피투성이가 되어 있었다. 급히 다시 샤워기 아래로 뛰어 들어가 거의 얼음 같은 물로 씻으면서 피가 나오는 상처를 찾았다. 집에 돌아올 때 열쇠를 찾을 수 없기에 부모님을 깨우지 않으려고 창문을 통해 들어왔다. 그때 뛰어넘으면서 상처가 생겼나? 알지 못하는 사이에 유리에 베이기라도 했나?

아니다. 상처는 하나도 없었다. 미겔의 피가 아니다.

갑자기 수건이 젖어 있어 불쾌한 기분을 느꼈던 게 떠올랐다. 미겔은 의심을 확인하려 바닥에서 수건을 집었다. 정말로 수건이 피로 흠뻑 젖어 있었다. 너무나도 역겨워서 바닥에 수건을 던지고 보니 충격으로 목이 메어 왔다. 어떻게 욕실에까지 들어올 수 있었지? 그리고 무엇보다 누구의 피지?

미겔은 벌벌 떨었다. 대체 무슨 일이 일어나고 있는 거지? 그 순간, 문을 두드리는 소리가 들렸다.

미겔은 꼼짝 못하고 몇 초간 숨을 가다듬어야 했다.

"아들. 다 괜찮은 거야?"

다정한 어머니의 목소리가 들렸다.

미겔은 가슴 속에 담고 있던 숨을 토해냈다.

"네. 엄마."

"너무 오래 샤워를 하는 거 같더라. 그런데 네가 소리 지르는 게 들려서……."

"뜨거운 물이 안 나와서 얼어 죽을 지경이었거든요. 이제 나가요."

"다시 그 일이 일어난 거구나……. 걱정하지 마. 침대 시트를 빨아줄게."

어머니가 조용히 덧붙였다. 아들을 이해해주려는 듯했다.

"아니에요. 괜찮아요. 그래서가 아니에요."

미겔이 급히 어머니의 말을 끊었다.

"의사 선생님이 네 나이 또래 아이들 중에도 오줌을 싸는 아이들이 많다니까……."

"엄마아아아!"

미겔은 부끄러워 죽을 지경이었다. 어머니는 대화를 마치고 다시 침대로 돌아갔다.

미겔은 다시 샤워실에서 나와서 화장지로 가능한 만

큼 몸을 말렸다. 그러고선 거울에 있는 나머지 피를 닦고 수건을 감추기 위해 비닐봉지를 찾았다.

생각하고 또 생각했다. 그러나 도저히 합리적인 설명을 찾을 수 없었다. 누가 거울에 메시지를 써놓았단 말인가? 어떻게 그의 수건을 피로 적실 수 있었단 말인가? '*다섯 중 하나*'는 무슨 의미인가?

미겔은 당황해서 응급 상황을 맞아 유일하게 떠오르는 일을 했다. 라라에게 전화를 거는 일 말이다. 라라는 언제나 어떻게 행동해야 할지, 어떤 행동을 해야 할지 알았고 결코 놀라거나 겁에 질려 떠는 일이 없었다.

그러나 그녀는 전화를 받지 않았다.

그는 알레호에게 장난친 동영상을 강박증에 걸린 듯 편집하고 있을 모습을 상상했다. 그래서 전화를 받지 않는 걸까? 아니면 잠이 들어서 천사처럼 잠자고 있을까? 방에서 자기가 했던 바보 같은 짓 때문에 아직도 화가 나 있나? 아니면······.

아니다. 미겔은 생각하고 싶지 않았다.

하지만 나쁜 생각은 발에 박힌 파편처럼 떠나지 않았다. 꺼내려고 하면 할수록 더 깊이 살 속으로 파고 들어가서 상처를 주며 더 확실하게 자리 잡는다. 생각을 밀어낼 수 없다는 사실을 절감한 미겔은 머릿속에서 큰 소리로 질문을 해보았다.

만일 라라가 그를 속인 거라면? 그가 기대에 못 미친다고 생각하고 다른 누구를 만나고 있다면? 그래서 그렇게 급히 나가라고 한 거라면? 이미 다른 남자와 더 좋은 계획을 세운 거라면?

제기랄! 그렇게 생각하고 싶지 않았지만 그렇다고 하면 모든 일이 아귀가 맞았다. 일어난 모든 일의 의미를 이해할 수 있을 것 같았다. 라라가 다른 녀석과 사귀면서 그를 갖고 논 거라면.

미겔은 떨리는 손으로 라라의 사진을 눌러 오래전에 그의 폰에 설치해놓은 앱으로 들어갔다. 앱을 본 그는 평정을 찾을 수 없었다. 그가 사랑하는 라라는 자기 집에 없었다. 그러니까 잠을 자는 것도 동영상을 편집하고 있는 것도 아니다.

토할 것 같아서 앉아야 했다. 바보 같으니라고! 그가 문으로 나가자마자 그녀는 상대의 품에 몸을 던졌을 것이다. 말쑥하고 키가 큰 근육질에 많은 경험을 가진 남자는 운전 면허를 가진 건 물론이고 라라의 어디를 어떻게 만져야 할지도 훤히 알고 있을 것이다. 그 점에서 미겔은 확신했다. 라라가 아무나 만날 리 없다. 어떻게 해서든 수준에 맞는 놈을 찾아냈을 것이다.

미겔은 머리를 감쌌다. 머리가 정말 터져버릴 것 같았다……. 그럴 리가 없다. 그런 일이 일어날 리 없다…….

그는 슬그머니 라라의 위치를 가리키는 점을 보았다. 갑자기 장소가 바뀌었다. 점이 이동하고 있었다! 라라가 움직이는 것이다. 속도로 보아 하니 자동차로 이동하는 것이 분명했다.

새벽 1시에 도대체 어디를 간단 말인가?

미겔은 라라가 도시를 나가는 모습을 보고 조금 진정했다. 교외에는 집들이 없다. 그렇다면 누군가와 밤을 보내려 움직이고 있을 가능성은 거의 없었다. 그런데…… 이 시간에 저토록 급히 어딜 간단 말인가?

라라의 여정을 자세히 살펴보자 그는 피가 얼어붙는 듯했다. 라라가 정신 병원으로 돌아가고 있었다! 그에게는 아무 말도 하지 않고 알레호를 꺼내주려나? 아니면 알레호에게 더 충격을 주려는 걸까?

미겔은 폰을 들고 라울에게 메시지를 보냈다. 언제나처럼 라울이 바로 답했다. 그는 좋은 친구였다. 마음이 아팠지만 라라는 좋은 친구라고 할 수 없었다.

14장
라라

 택시 안에서 라라는 파울라를 바라보고 파울라가 털어놓도록 하기 위해서 천천히 말을 걸었다.
 "자, 이제 어떻게 알레호의 목소리처럼 들리도록 했는지 말해봐."
 침묵.
 "누가 널 도와줬어? 미겔이야? 라울이야?"
 두려움에 몸이 굳은 파울라는 아무 말도 하지 않은 채, 다만 비난하는 눈빛으로 거칠게 그녀를 바라보았다.
 라라는 고개를 돌렸다. 파울라를 보고 싶지 않았다.
 라라는 삼총사 중 다른 둘이 이제 전처럼 그녀를 따르지 않는 것일지도 모른다고 의심했다. 어쩌면 그녀를 속이고 싶었던 거겠지……. 상관없다. 알아내고야 말 것이다. 이제 파울라가 더 이상 그녀를 귀찮게 하지 않고 유령과 죽음과 협박 같은 바보 같은 이야기를 잊어버리기만을 바랐다.

부르르… 부르르… 부르르… 부르르…….

라라의 폰이 고집스럽게 울렸다. 곁눈질로 슬쩍 보니 화면에 대문자로 미겔의 이름이 나타났다. 라라는 속으로 투덜거렸다. 이제야 이 인간이 정신을 차리나? 미안하다고 전화를 하기까지 평소보다 시간이 너무 많이 걸려서, 전혀 기분이 올라오지 않았다.

부르르… 부르르… 부르르… 부르르…….

라라가 소리를 듣지 않으려고 가방 속으로 폰을 던져 넣자 파울라가 건방지게 물었다.

"안 받아?"

그녀를 판단하고 있는 건가?

"말할 기분 아니야."

"중요한 일이면 어떡해?"

파울라가 떼를 쓰는 어린아이처럼 고집스럽게 물었다. 라라는 바보 같은 파울라의 질문에 대답할 필요가 없다고 생각했다. 미겔에게 했던 것처럼 쌀쌀맞은 침묵으로 벌을 내려, 두 사람 모두 생각을 좀 하고서 그녀를 어떻게 대해야 할지 깨우치길 바랐다.

그러나 파울라는 알아차리지 못하고 계속 물었다.

"알레호였어?"

라라는 소름이 끼쳤다. 돌아버렸나?

"어떻게 알레호라고 생각해? 내가 너처럼 그렇게 미친 줄 알아?"

"왜냐하면 나는 알레호 생각을 멈출 수 없으니까."

라라가 폭발하자 파울라가 중얼거렸다.

"우리가 알레호에게 그렇게 해서는 안 되었어."

"너무 늦었어. 그런 거 같지 않아?"

파울라가 다시 라라를 바라보았다. 파울라의 눈빛이 라라를 꿰뚫고 있는 것 같았다. 불편했다.

젠장!

파울라는 왜 이렇게 성가시게 하는 거야?

라라는 한숨을 쉬었다. 파울라에게 행사할 수 있는 힘에는 한계가 있었다. 파울라는 라라를 무조건 따르지 않는 유일한 인물이다. 어렸을 때부터 사귀어서 모든 비밀을 알기 때문일 것이다. 그래서 파울라가 당당하게 그녀를 바라볼 때면 그 눈빛으로 발가벗겨지는 느낌이었고, 나무 위 높은 곳에 오두막을 짓고 동물들에 둘러싸여 숲

속에서 사는 꿈을 꾸던 불안하고 뚱뚱한 어린아이로 돌아가는 기분이었다. 정말 창피스럽게!

다행히도 이제 라라는 애니메이션이나 보면서 손으로 뭔가를 만들던 멍청이가 아니었다. 그동안 성장해서 이제 다른 관심거리와 야망을 갖고 있었다.

반대로 파울라는 밤이면 낄낄대며 웃고 수영장에서 몸을 던져 놀던 주근깨투성이의 말라깽이 그 이상으로도 이하로도 바뀌지 않았다. 그때처럼 외모를 조금도 신경 쓰지 않았다. 아무 티셔츠나 걸치고 머리도 헝클어뜨린 채 가방을 열어젖히고 다니면서도 상관하지 않고 살았다. 파울라는 마치 초등학생처럼 하찮은 일에 신경을 팔며 만화와 소설을 읽었다. 파울라에게는 방금 밭에서 딴 토마토처럼 자연스러운 나름대로의 매력이 있었다. 라라는 그 점을 알고 있었다. 그래서 화가 났다. 몹시 화가 치밀어 올랐다. 왜냐하면 타고난 매력으로 아무 노력도 없이 잘생긴 알레호의 마음을 움직였기 때문이다. 알레호는 오직 파울라만 바라보았다.

라라는 알레호가 학교에 발을 디딘 그 순간부터 알레호에게 시선을 빼앗기고는 첫 번째로 환영 인사를 건넸다. 그러나 그 모든 노력이 허사로 돌아갔다. 왜냐하면 어리석은 알레호는 라라를 보지 않았고, 그래서 그녀의 몸짓에 감사하지도 그녀의 발밑에 굴복하지도 그녀가 처음으로 건넨 농담에 웃지도 않았다. 처음부터 알레호는 파울라만 바라보았다.

그에게는 참으로 안된 일이었다.

전학 첫날, 멍청이 알레호는 스스로 자기 운명을 결정한 셈이다. 라라는 그를 끝장낼 기회만을 기다렸다.

이게 바로 그녀가 이 모든 장난을 꾸민 잔짜 이유이자, 차마 말할 수 없는 속마음이었다. 라라는 알레호가 정말 고통스럽기를 바랐다. 왜냐하면 엔리에타의 유령처럼 그녀도 복수를 원했기 때문이다.

"자, 이리 와!"

라라는 정신 병원 본관 건물 쪽으로 파울라를 잡아당기며 소리쳤다.

택시 기사가 기다려주냐고 물어보았지만 알레호의 상태가 어떤지 알 수 없었기 때문에 그냥 가시라고 했다. 어쩌면 알레호가 반응을 보일 때까지 시간이 필요할지 모를 일이었다. 만일 파울라처럼 그렇게 약해빠졌다면 어쩌면…… 기절했거나…… 어쩌면…….

이런 생각은 그만두자. 그들은 지하로 내려가 실험실

가까이까지 가서는 문의 유리가 깨졌다는 사실을 알아차렸다. 나쁜 조짐이었다. 알레호가 착란을 일으킨 게 확실했다. 라라의 뒤에서 파울라가 기관차처럼 숨을 할딱거렸다.

라라가 유리가 깨진 문을 밀고 옆으로 비켜서자 파울라가 앞으로 한 걸음 나아가 마치 무기라도 되는 듯 손전등을 든 팔을 올려 빛을 비추었다.

그리고 비명을 질렀다.

파울라의 비명 소리에 라라는 본능적으로 뒷걸음질 쳤다. 깊은 곳에서 나와 길게 이어지는 오싹한 비명이었다. 들어본 것 중 가장 진짜처럼 느껴지는 공포의 비명이었다. 동시에 여러 동작을 할 수 없어 폰으로 녹음을 못한 것이 유감이었다.

파울라가 손전등으로 바닥을 비추자 전율에 휩싸였던 라라는 손으로 입을 막았다.

바닥에 알레호가 있었다. 아니 제대로 말한다면 완전히 피범벅이 된 그의 몸이 있었다. 의식이 없거나…… 아니면 죽은 것 같았다.

라라는 뛰어서 밖으로 나가려고 했다. 반면 파울라는 전에 없던 용기를 내어 알레호의 몸을 향해 달려가 그 위로 몸을 숙이고 맥박을 확인했다. '물론이야. 틀림없이 살아 있을 거야. 피를 보자마자 기절했을 뿐이야. 문을 열려다가 유리에 베였을 수도 있어.' 라라가 생각했다.

라라는 갈수록 초조해졌다. 파울라는 계속 같은 자세로 알레호의 오른쪽 팔목에 손가락을 댄 채 몸을 숙이고 있었고 그의 팔은 힘없이 축 늘어져 있었다. 너무 오래 걸렸다. 왜 이렇게 지체되는 걸까?

이제 파울라는 근심 가득한 표정으로 알레호의 손을 놓더니 가슴에 머리를 대었다. 왜 저러지? 왜 이렇게 사람을 고통스럽게 만드는 거야? 가학적인 애 같으니.

"무슨 일이야?"

마침내 라라가 굳은 목소리로 물었다.

파울라는 대답하지 않았다. 그러나 라라 역시 대답을 듣고 싶지 않았다. 두려웠다.

"맥박을 찾을 수가 없어."

파울라가 울음을 터뜨릴 듯 기어들어가는 소리로 중얼거렸다.

라라는 팔에 손톱을 박았다. 맥박이 안 잡힐 수는 없다. 아니다. 사실일 리가 없다. 그런 일이 정말로 일어날 리 없다. 알레호가 죽었을 리 없다. 장난을 쳤을 뿐이다. 이런 별

것도 아닌 시시한 장난에 사람이 죽을 리 없다.

라라는 떨리는 손으로 가방을 열어서 눈 화장을 할 때 사용하는 거울을 꺼냈다. 파울라에게 다가가 알레호의 몸에 손이 닿지 않게 하려고 애쓰면서 손가락 끝으로 거울을 건넸다. 그러면서 겨우 이렇게만 말했다.

"숨 쉬나 한번 봐. 영화에서 본 적이 있어."

그러고는 곧바로 뒷걸음질 쳤다. 가까이에서 알레호의 얼굴을 보니 하얗고 창백했다. 밀랍처럼 하얀 색이었다. 아니 생명 없는 인형의 색이었다. 흉한 인형의 색이었다. 주변에는 온통 피가 고여 있었다. 라라는 엉겁결에 피를 밟았다. 피가 정말 얼마나 많은지! 운동화 바닥에 피가 묻어 붉은 발자국이 생겼다. 라라는 숨이 막혔다. 인간의 몸에는 얼마나 많은 피가 들어 있지? 5리터? 알레호에게 단 한 방울의 피도 남아 있을 것 같지 않았다.

거울을 볼 필요도 없었다. 거울을 땅에 떨어뜨린 파울라의 공포에 휩싸인 표정으로 충분했다.

파울라는 좀비처럼 힘없이 일어났고 거울은 산산조각이 났다. 말이 거의 없던 파울라가 말했다.

"죽었어."

파울라가 다시 말했다.

"죽었어. 죽었단 말이야!!!"

그러더니 주체하지 못하고 울부짖기 시작했다.

라라는 목이 메는 것을 느꼈다. 이럴 리 없다. 이렇게까지 될 일이 아니었다. 숨이 막혀서 목에 손을 갖다 댔다. 질식할 것 같았다. 공포에 질린 라라는 몸을 돌려 뛰기 시작했다. 그 방에서, 그 건물에서 나가 숨을 쉬어야 했다.

달리고 달렸다. 멈추지 않고 뒤돌아보지 않고 파울라를 기다리지도 않고 달렸다. 건물 문밖으로 나가 등 뒤로 문이 닫힐 때까지 계속 달렸다.

라라는 철문이 닫히는 소리를 듣고 나서야 멈춰서 신선한 공기를 한 모금 꿀꺽 들이마셨다. 심장 뛰는 소리가 입으로 튀어나올 것만 같았다. 멀미가 났다. 무척이나 어지럽고 토할 것 같았다. 그녀는 몸을 구부려 캐러멜과 과자 등 뱃속에 든 모든 것을 토해냈다. 담즙 한 방울 남아 있지 않을 만큼 토하면서 쓰러지지 않기 위해 현관 기둥을 잡았다.

그런데 갑자기, 그곳에 한밤중에 혼자 있다는 것을 깨닫자 파울라가 그녀를 뒤따라오지 않았다는 사실도 깨달았다. 어디에 있는 거지? 알레호의 시체와 함께 그 안에 있는 건가?

라라는 떨리는 손으로 폰을 꺼내어 힘겹게 파울라의 번호를 눌렀다.

삐삐삐삐.

하지만 아무 반응이 없었다. 파울라는 전화를 받지 않았다.

빌어먹을 파울라 같으니라고. 왜 함께 나오지 않은 거야? 그 안에서 뭘 하고 있는 거야? 파울라를 버리고 갈 수는 없다……. 다시 정신 병원 안으로 들어가야 했다.

더 생각할 것도 없이 다시 들어간 라라는 등 뒤로 문이 닫히자 후회했다. 그 건물 안에서 그녀는 혼자였다. 죽은 자들과 복수심에 찬 유령들과 다른 차원의 목소리들로 둘러싸여서.

"파울라? 파울라!"

그녀는 갈라진 목소리로 외쳤다. 그 소리는 메아리가 되어 울려 퍼졌다.

웃음소리와 신음 소리, 누군가가 여기저기 돌아다니는 소리 들이 들렸다. 뭔가가 발에 걸렸다.

"악!"

라라가 소리를 쳤다.

공이었다. 숫자 5가 쓰인 피에 젖은 공이었다.

오싹 소름이 끼쳐왔다. 이제 더 이상 어디로 가야할지 몰랐다. 또 다른 물건에 부딪힐까 봐 겁이 났다. 누군가의 시체를 밟을 수도 있을 것이다.

"아악!"

폰을 든 손을 뭔가가 치는 걸 느낀 라라가 다시 비명을 질렀다.

사방이 어두웠다. 몸을 숙여 어둠 속에서 기어가며 더듬더듬 떨어진 폰을 찾으려고 했다.

그때 뭔가의 존재가 느껴졌다. 목덜미에서 무겁고 기분 나쁜 호흡이 느껴졌다.

"파울라?"

라라는 기어들어가는 소리로 물었다.

싸늘한 손이 그녀의 얼굴을 만지자 라라는 온몸이 마비되어 굳어버렸다. 그 손은 뺨과 귀와 목을 차례로 만졌다. 감히 움직일 수도, 숨을 쉴 수도 없었다. 곧 죽어버릴 것만 같았다.

"도와줘!"

멀리서 파울라가 외치는 소리가 들렸다. 그러자 손이 갑자기 물러났다.

"도와줘!!! 아파!!! 라라!!! 살려줘!!!"

파울라가 절망적인 목소리로 외쳤다.

라라는 폰을 찾을 때까지 네 발로 기어다니다 두려움에 떨며 폰을 켰다.

"나를 좀 도와줘!"

더 약해진 친구의 목소리가 계속 들렸다.

도와줄 수 없었다. 불가능했다. 그녀는 혼자였고 공포에 맞설 수 없었다. 미지의…… 견딜 수 없는 공포였다.

"못 하겠어!!!"

라라는 일어나면서 몸을 반쯤 돌려 소리쳤다.

"날 버리지 마!!! 그러지 마!!!"

파울라가 더 작아진 목소리로 울부짖었다.

그러나 라라는 이미 결정했다. 가능한 한 빨리 이 지옥에서 나가고 싶었다.

"도와줘!!!!"

파울라가 더 희미해진 목소리로 더 멀리서 외쳤다.

충격받은 라라는 목숨을 잃을까 두려워하며 죽을힘을 다해 달렸다. 이 망할 건물에서 달아나고 싶었다. 출구가 대체 어디에 있지?

15장
라울

라울은 자신이 지그재그로 걷고 있다는 사실을 알아챘다. 당연하다. 보통 때보다 조금 더 많이 마셨다. 그러나 머릿속은 보통 때처럼 생각이 텅 비고 감정으로 가득 찼다. 다른 것보다 상처입은 마음이 컸다. 왜 그 바보 같은 놈이 자길 모욕한 거지? 그는 친구 찰스와 함께 기분 좋은 시간을 보내고 있었다. 그런데 요란한 셔츠를 입은 그 놈이 그날 밤을 망쳐버렸다. 코를 깨뜨려서 쌤통이었다. 틀림없이 친구는 없고 가슴이 크고 머리카락을 길게 늘어뜨린 애인들만 있을 것이다. 바보 같은 소리에도 미친 듯이 소리 지르고 생리 얘기와 속옷 브랜드 이야기나 하면서 낄낄대는 여자애들 말이다. 그런 애들이 무슨 다른 이야기를 할 수 있겠는가?

결정적으로 라울은 그런 여자들을 이해하지 못했다. 이해하고 싶은 마음도 없었다.

미겔이 약속 장소에 급하게 도착했다.

"어떻게 된 거야? 라울. 눈이 왜 그래? 무슨 일이 있었어?"

자기 얼굴을 확인하지 못했던 라울은 반사적으로 상처투성이인 오른손을 들어 눈을 만졌다. 아팠다. 아마 멍이 들었을 것이다.

"아무것도 아니야. 어떤 개새끼랑 싸웠어."

"자랑스럽네, 내 친구!"

미겔이 등을 두드리며 외쳤다.

라울은 어깨 위로 친구의 손길이 닿을 때 살짝 전기가 찌릿하는 느낌을 받았다. 이게 우정이다. 어떤 비난도 없고 총알도 막아줄 수 있는 충성심이 있는 협정이다. 라울은 왜 미겔이 자신을 불렀는지, 뭘 하고 싶은지 몰랐지만 상관없었다. 그는 모든 것을 할 준비가 되어 있었다. 친구를 위해서라면 사람도 죽일 수 있었고, 미겔을 위해서라면 도시 전체도 폭파시킬 수 있었다.

"누구의 얼굴을 박살내야 하지?"

"엔리에타."

당황스러운 대답이었다. 그러나 미켈은 걸음을 옮기며 분명하게 말했다.

"정신 병원으로 가자."

"걸어서?"

"가까워. 사십 분 정도면 돼."

미켈이 성큼성큼 걸어서 따라잡기가 어려웠다. 라울이 숨을 몰아쉬며 소리쳤다.

"기다려. 속도 좀 늦춰 봐! 가서 뭘할 건데?"

"라라를 찾아야 해."

"라라…… 라라가 거기에서 뭘 하는데?"

미켈이 걸음을 재촉했다.

"모르겠어. 그래서 물어보려는 거야."

라울은 정말 이상하다고 생각했다. 둘은 라라를 찾으러 간다. 미켈의 말에 따르면 라라가 정신 병원에 있다. 그런데 미켈은 라라가 왜 거기에 있는지 모르고, 라라도 둘이 찾으러 갈 거라는 사실을 모르는 듯했다.

"잠깐만. 라라하고 얘기도 안 해본 거야?"

"안 했어."

"그런데 어떻게 라라가 정신 병원에 있는 걸 알아?"

미켈이 폰을 꺼내서 화면에 뜬 위치 추적 앱을 보여주

었다. 무척 천천히 움직이는 작은 점이 보였다.

라울은 처음에는 이해하지 못하다가, 미겔이 작은 점을 가리켜서 말해주고서야 알아들었다.

"이게 라라야."

그제서야 라울은 얼굴을 환히 밝혔다.

"위치 추적 앱이구나! 라라 폰에 추적 앱을 깔았어!"

미겔이 고개를 끄덕였다. 상황이 좀 더 분명해졌지만 아직도 궁금증이 남아 있었다. 라울은 뒤처지지 않기 위해 걸음을 재촉하며 물었다.

"그런데 라라도 알아?"

"아니. 말하면 넌 나한테 죽어."

라울은 미겔이 매 순간 라라가 어디에 있는지 알기를 원하지만, 라라가 그 사실을 알기를 원하진 않는다는 사실을 이해했다. 그 말은 곧 미겔이 그녀의 일거수일투족을 감시하고 싶어 할 만큼 질투심이 많다는 의미였다. 그 사실을 알게 되자 마음이 조금 불편해졌다.

"이거 완전 통제광이네!"

라울은 미겔이 언짢아한다는 사실을 깨달았다. 좋다. 그 역시 화가 나 있었다. 미겔처럼 함께 술 한잔하러 나갈 수도 있고 같이 축구 얘기도 할 수 있는 좋은 친구가 어째서 라라에게 빠져서 폰 안에 위치 추적 앱을 깔 지경까지 간 걸까? 아주 부끄러운 짓에다 적절치도 않은 일이었다. 친구와 함께 있는 순간에도 머릿속이 라라 생각으로 꽉 차 벗어날 수 없는 건가?

미겔이 변명했다.

"아니야. 아니라고. 혼동하지 마. 나는 라라를 감시하는 게 아니야. 다 걔 좋으라고 하는 일이야."

"라라한테 뭐가 좋은데?"

라울이 바로 아픈 곳을 찔렀다.

"글쎄, 걔한텐 좋은 일이라는데 그게 짜증나? 라라에게 무슨 일이 생기면 내가 지금처럼 도와줄 수 있잖아."

"걔한테 무슨 일이 생겼어?"

미겔은 어깨를 으쓱하고는 시치미를 뗐다.

"분명히 무슨 일이 있어. 혼자 정신 병원에 가는 건 미친 짓이니까."

"혼자라는 건 어떻게 알고?"

라울은 미겔이 긴장하는 걸 알아채고는 더 파고들었다.

"너도 혼자 가고 싶지 않아서 날 불렀잖아. 라라도 혼자 가지는 않았을걸."

말하고 보니 설득력 있게 들리는 말이었다. 라라는 명

령을 하기 좋아했고 언제나 명령을 하기 위해 부를 누군가가 있었다.

라울이 제대로 건드렸는지 미겔이 주저하면서 머리를 긁적였다.

"누구랑 함께 갔을 것 같은데?"

라울은 두 번 생각하지 않고 나쁘게, 아주 나쁘게 대답했다.

"다른 놈이랑."

미겔은 불같이 화가 나서 멈춰 서서는 라울의 셔츠를 잡아당겼다.

"어떤 다른 놈? 다른 놈이랑 바람피운다고? 네가 뭘 알아?"

라울은 입을 다물었다. 갑자기 미겔이 병적이라고 느껴졌다. 어떻게 저렇게 자신이 없을 수 있지? 어떻게 라라가 어디에 있는지, 누구랑 있는지, 하루 이십사 시간을 감시하면서 라라 생각만 하고 살 수 있는 거지? 참으로 한심한 삶이다.

그는 미겔의 손을 뿌리치고 독이 오른 한마디를 던졌다.

"전화해서 물어봐."

그리도 똑똑한 미겔이 생각해내지 못한 방법이었다.

그렇지만 이렇게 되자 미겔은 라울의 말에 수긍했다.

"그래, 그러네."

그는 다시 주머니에서 폰을 꺼내면서 말하고 걸음을 재촉했다.

라울은 힘겹게 미겔을 따라갔다. 맥주와 술을 마시고 싸움까지 하고 난 뒤, 달리기는 정말 하고 싶지 않은 일이다. 라울은 자기보다 훨씬 더 스포츠맨인 미겔을 따라가며 힘이 다 빠져서 기절할 지경이었다. 이거 마라톤인가? 기록을 깨려는 건가?

라울은 체면을 지키려고, 울면서 더 이상 못하겠다 무릎을 꿇지 않으려고 애쓰면서 미겔이 라라에게 전화를 걸고 아무렇지 않은 척 초조하게 기다리는 모습을 곁눈질로 슬쩍 보았다. 라라가 전화를 받지 않을 게 두려운가? 아니면 그를 모른 척할까 봐 두려운 것일까? 왜 그녀에게 욕이나 해대지 못할까? 미겔은 정신을 차릴 필요가 있다.

그러다 미겔이 불안하게 부르는 소리를 들었다.

"라라? 라라, 너야?"

16장
미겔

라라는 곧 전화를 받았다. 하지만 이상하게도 목소리가 갈라지고 힘이 없었다.

전화기 저편에서 흐느끼는 소리가 들렸다.

"미겔. 나 너무 무서워. 날 좀 도와줘."

무섭다고? 라라가? 뭐가 무서운 거지? 그녀는 결코 무서워하는 법이 없었기에 미겔은 놀랐다.

"무슨 일이야? 왜 울어?"

"알레호…… 알레호가…… 죽었어!"

라라가 무척 불안한 목소리로 괴로워했다. 미겔은 속이 울렁거렸다. 이미 대답을 알아들었지만 모르는 척 물었다.

"무슨 말이야? 지금 어디에 있어?"

"정신 병원에 있어. 파울라와 함께 왔는데, 걔가 없어져버렸어."

라라는 그러고 나서 울음을 터뜨렸다.

파울라와 함께라니. 그러면 파울라와 갔다는 거였다. 말이 되는 일이다. 왜 그렇게 안 좋은 쪽으로만 생각했지? 라울이 멀리 있어서 한 대 쥐어박을 수는 없었지만 라울은 맞을 만했다.

그런데 어찌 됐든 미겔이 이해할 수 없는 일이 일어났다. 알레호가 죽고 파울라가 사라졌으며 라라는 혼자 있다……. 미겔에겐 비현실적인 이야기로 들렸다. 농담인가?

"거기서 도대체 뭘 하고 있는 거야?"

미겔은 걱정이 된 나머지 되레 화를 내며 소리쳤다.

이제 더 이상 질투가 나지 않았다. 지금은 라라 때문에 고통스럽고 라라가 그를 다시 곤경에 빠뜨렸다는 사실 때문에 화가 났다. 미쳤나! 어떻게 사자 굴에 들어갈 생각을 했지? 왜 이토록 신중하지 못한 결정을 했지?

틀림없이 전부 착각일 것이다.

뚜뚜뚜.

바로 그 순간 전화가 끊기는 바람에 미겔은 답을 들을

수 없었다. 이제 삼십 분만 더 걸으면 도착이었지만, 더 빨리 가고 싶은 마음에 조바심이 난 미겔은 라울에게 제안했다.

"우리 조금 뛸까?"

그리고 미겔은 시간과 경주하듯 달리기 시작했다. 뛰다 보니 아무 생각도 나지 않았다. 라라나 파울라, 알레호 생각으로 괴롭지도 않았고 거울에 써 있던 메시지나 피에 젖은 수건도 떠오르지 않았다. 대퇴근과 종아리가 쑤시는 느낌과 숨이 막히지 않도록 호흡을 유지하려고 애쓰는 폐의 압력만이 느껴졌다. 머리를 비워서 고통을 이기는 수단으로 달리기는 효과적이었다. 초조함을 달래기 좋은 방법이었다.

십오 분 뒤에 숲을 나온 미겔은 정신 병원 앞에 도착했다. 이렇게 어둡고 구름 낀 밤에 황량하게 버려진 건물은 음산하기가 이루 말할 수 없었다.

"라라! 라라!"

라울까지 미겔의 뒤를 따라 힘겹게 숲에서 나온 뒤, 그들은 곧바로 누가 겁먹은 목소리로 작게 대답하는 소리를 들었다.

"여기야! 나 여기 있어!"

라라는 정신 병원 정문 입구의 나무 옆에서 바닥에 웅크리고 있었다. 종잇장처럼 떨며 눈물이 가득 고인 눈으로 그를 바라보았다. 라라는 의지할 곳 없이 너무나도 이상하게 연약해보였다. 미겔은 사랑의 마음이 끓어올라 그녀를 힘차게 끌어안았다.

"나 왔어, 라라. 진정해."

미겔의 따뜻함에 힘을 얻은 라라가 말했다.

"죽었어……. 알레호가 죽었어……."

방금 도착해서 몸을 구부리고 갈비뼈를 잡고 숨을 쉬던 라울이 펄쩍 뛰었다.

"그럴 리 없어!"

"파울라와 내가 알레호의 시체를 봤어. 피투성이가 되어 있었어! 숨을 쉬지 않았어! 죽었어!"

미겔은 라울이 믿지 않는다는 사실을 알았다. 라울은 사실을, 시체와 증거를 원했다. 라울은 물질주의자였다. 그래서 미겔은 거울에 쓰여 있던 메시지와 피에 흠뻑 젖은 수건 이야기를 감히 털어놓지 못했다. 라울은 꾸며냈다거나 꿈을 꾸었다고 말할 게 훤했다. 사실 미겔은 끔찍한 꿈을 자주 꾸었다. 라울은 아니다. 결코 꿈을 꾸지 않거나…… 아니면 기억하지 못한다고 했다. 얼마나 좋을까!

"그런데 파울라는?"

미젤이 점점 더 초조해져서 묻자 라라는 우뚝 솟은 건물을 가리켰다.

"저 안에 남았어! 그 앨 찾으러 들어갔다가 도와달라고 외치는 소리를 들었어. 난 걜 도와주려고 했어. 정말로 도우려고 했어……. 너희들에게 맹세해……. 하지만 그럴 수 없었어……."

"들어가서 박살을 내주자."

라울이 팔을 걷어붙이고 제안하자 라라가 일어나면서 외쳤다.

"여길 떠나자!"

미젤은 어둡고 음침하고 황량한 건물을 바라보았다. 시체 한두 구와 마주칠 거란 상상만 해도 다리에 힘이 풀렸지만 뒤로 물러서지 않았다. 라라를 감동시키고 싶은 마음이 들어서건, 아니면 스스로가 생각보다 괜찮은 사람이어서건 말이다.

"우린 파울라를 구해야 해. 파울라를 찾으러 가자."

"우리는 할 수 있는 게 없어! 난 다시 들어가고 싶지 않아."

미젤도 들어가고 싶지 않았다. 그러나 몇 시간 전에 알레호를 홀로 남겨둔 실수를 반복하고 싶지 않았다. 알레호가 죽었을 거라고 믿지는 않았지만 정말 이상하고 말도 안 되는 일들이 일어나고 있었다. 모든 것이 터무니없고 비논리적이고 으스스했다.

"그러면 경찰을 부르자."

미겔은 단호하게 제안했다.

"꿈도 꾸지 마! 가자고!"

라라가 반쯤 몸을 돌리며 소리쳤다.

미겔은 이번엔 복종하지 않았다. 그리고 정문을 향해 다가갔다. 라울도 따라왔다. 라라가 놀라서 그들에게 외쳤다.

"뭐 하는 거야? 들어가지 마!!!"

미겔은 들은 척하지 않았다. 모든 조짐들이 그곳에 돌아가는 것은 자살 행위라고 알려주고 있었지만 의심만 갖고 그대로 머물러 있을 수는 없었다. 라라의 말이 사실이고 알레호가 죽었다면? 그리고 파울라가 위험에 빠져 있다면?

"기다려!"

라라는 혼자 남고 싶지 않아서 친구들이 철문을 열자 그리로 달려왔다. 미겔은 그들의 걸음 소리와 자신의 심장 뛰는 소리, 그리고 세 사람의 거친 숨소리를 들었다. 또한 벽을 통해 멀리서부터 새어 나오는 듯한 신음 소리와 비명 소리도 들었다.

"파울라!!!"

미겔은 손을 입가에 대고 목소리가 울리도록 동그랗게 만들어 소리쳤다.

"파울라, 나와! 우리가 너를 구하러 왔어!"

라라가 덧붙였다.

대답은 없었다. 그들은 다시 점점 더 크게 소리쳤다. 세 사람은 계단을 내려가 지하로 가서는 몇 시간 전에 알레호를 가뒀던 실험실 문 앞에서 주저하며 멈췄다.

미겔은 태어나서 처음으로 자신이 결정을 주도하고 있다는 사실을 깨달았다. 그는 라라의 뒤가 아니라 앞에 서 있었다. 그는 대담하게 문을 열고, 찔찔대며 도망치지 않고서 원하는 곳으로 꼿꼿이 걸어가는 사람이었다.

미겔은 용감하지 않았지만 라라와 라울 역시 용감하지 않다는 사실을 간파하고는, 단순히 비교해 자신이 세 사람 중에서 가장 용감하다고 느꼈다. 그래서 기분이 좋아졌다.

"알레호의 시체가 여기 있었다고 말했지."

확인하고 싶은 마음에 미겔이 뇌까리자 라라는 본능적으로 뒷걸음질 쳤다.

"다시 보고 싶지 않아."

라울이 라라를 옆으로 밀고 들어가서는 안에서 소리쳤다.

"여기엔 아무것도 없어!"

미겔이 유리에 베이지 않으려고 조심하면서 유리가 깨진 문을 지나가 손전등을 비추었다. 바닥은 피투성이였지만 알레호의 시신은 흔적도 없었다. 머리가 텅 비는 것 같았다.

라라가 뒤에서 소리쳤다.

"말도 안 돼! 맹세해. 여기에 있었어. 알레호의 시체를 보았어. 내가 보았단 말이야!"

미겔은 비틀거리는 라라의 손을 세게 잡았다. 라라는 결코 거짓말을 하지 않는다. 알고 있다. 라라가 어떤 사람인지 충분히 안다.

"알레호의 시체가 있었어……. 그리고 피가……."

라라가 떨리는 손으로 손전등을 벽에 비추면서 더듬더듬 말하다가, 갑자기 소리를 질렀다.

다섯 중 둘. 벽에 이렇게 씌어 있었다.

"말도 안 돼!"

"뭐야?"

미겔이 소리치자 라울이 당황해서 대꾸했다. 미겔의 얼굴에서 핏기가 가셨다. 더 이상 친구들을 놀라게 하고 싶지 않았지만 숨길 수도 없었다.

"우리 집에서 피에 젖은 수건이 튀어나왔어. 거울에는 '*다섯 중 하나*'라고 씌어 있었고."

라라가 숨을 몰아쉬기 시작했다. 그러나 라울은 혼란스러워하면서 머리를 긁적였다.

"이해를 못 하겠어."

"하나는 알레호. 둘은 파울라. 파울라가 죽었다는 말이야! 그리고 우리가 다음 차례라는 말이지!"

라라가 쏘아붙이는 소리에 미겔은 소름이 오싹 끼쳤다. 방 안에 절대적인 침묵이 흘렀다. 적나라하고 불쾌하고 섬뜩한 침묵이었다. 두려움과 죄책감으로 가득 찬 침묵이었다.

부르르… 부르르… 부르르… 부르르…….

라라의 폰이 진동했다. 방금 메시지가 하나 도착했다. 라라는 무척 신경이 곤두선 채로 핸드폰을 열어봤다가 마치 폰에 불이 붙기라도 한 듯 바닥으로 폰을 떨어뜨렸다.

그러곤 울부짖기 시작했다.

"죽었어! 죽었어!"

미겔은 라울보다 앞서서 바닥에서 폰을 주웠다. 세 사람은 동시에 보기 위해 둥글게 모였다.

사진이었다. 창백하고 피에 젖은 파울라의 얼굴 사진이었다. 입술에 핏기가 없고 입을 반쯤 벌린 죽은 사람의 모습이었다. 아래에는 *"네가 다음 차례가 될 거야"* 하고 씌어 있었다.

"파울라의 시체야!"

라울이 떨리는 목소리로 짐승처럼 말했다.

말을 끝내자마자 신음 소리가 들려왔다. 인간의 소리가 아닌 듯한, 절망에 차 울부짖는 듯한 소름끼치는 소리였다.

"가자."

미겔이 어쩔 수 없이 결정을 내렸다.

더 이상은 감당할 수 없었다. 평정을 유지하려 애써봐야 무서워서 죽을 지경이었고 이 건물 안에 단 일 분도 더 있고 싶지 않았다. 비겁하다는 꼬리표를 달아도 상관없었다. 목숨부터 지켜야 했다. 게다가 그는 아직 움직일 수 있었지만 반대로 라라는 꼼짝 못했다. 모든 게 마비되어서 말도 할 수 없고 생각도 할 수 없는 듯했다. 라라는 한 지점을 뚫어져라 응시하며 더 이상 이성적으로 생각하지 못하는 정신 나간 사람의 표정을 하고 있었다.

그런데 고요 중에 웃음소리가 분명하게 들렸다. 날카롭게 갈라지는 공격적이고 소름끼치는 웃음이었다. 미겔은 온몸의 털이 쭈뼛 솟는 것을 느꼈다.

"빨리! 여기서 나가자!"

미겔이 반복해서 말했다. 라라를 붙잡고 방 밖으로 끌고 나가 달리라고 등을 밀었다. 라울이 매우 신경질적으로 그들을 앞질렀다.

"발걸음 소리가 들려! 여기에 뭐가 있어!"

라울이 외쳤다.

라울은 동물처럼 감각을 곤두세웠다. 라울의 감각은 여기에 그들만 있지 않다고 말해주고 있었다. 이제는 추측도 전설도 아니었다. 확실했다. 미겔은 이 저주받은 건물에서 나가야 한다는 사실을 알았다. 그러지 못하면 곧 뭔가 끔찍한 일이 일어날 것임을 직감할 수 있었다. 점점 더 무거워지는 주변 공기와 제멋대로 쏟아지는 강물처럼 점점 더 커지는 소음, 점점 더 커지는 신음 소리와 비명 소리로 온몸에 소름이 오싹 돋았다. 그리고 갑자기, 실험실에서 나와 채 몇 미터도 가지 못했을 때…….

쾅!

문이 하나 닫히며 그들의 발걸음을 막았다.

"우리 갇혔어! 우리가 포로가 되었다고!!!"

라울이 온 힘을 다해 문을 두드리며 미친 듯이 소리치다가 결국 흐느껴 울었다.

"문을 열어줘. 나는 안 했어. 라라의 생각이었어!"

미겔은 입을 열지 않고 부끄러워져서 라울을 바라보았다. 그도 라울만큼이나 형편없었다. 모두들 영혼이라거나 초자연적인 존재들, 또는 유령들, 어찌 부르든 그 비슷한 것들의 전설을 과소평가해왔다. 그들은 긴장하고 겁에 질려 있었는데…… 라울은 열 배는 더 지나쳤다.

그들은 실험실 쪽으로 돌아갔다. 복도는 그 조그만 방보다 훨씬 더 공포스러웠다.

부르르… 부르르… 부르르… 부르르…….

라라의 폰이 울리기 시작하자 라라는 공포에 질려 미겔을 바라보았다.

"못 받겠어."

라라는 고개를 저으며 말을 이었다.

"쳐다보지도 못하겠어."

미겔은 폰을 건네받았다. 라라가 폰을 볼 생각도 못 한다고? 라울은 초등학생처럼 울면서 바닥에 앉아 있고? 대체 무슨 일이 일어나고 있는 거지?

미겔은 두려움을 억누르고 라라의 휴대폰을 들었다. 흉측한 사진이나 피 묻은 협박을 생각하며 마음의 준비를 단단히 했다. 그런데 아니었다. 일 초마다 울린 신호는 라라의 구독자들이 유튜브 채널에 단 댓글 알림이었다. 수천 개의 댓글이 올라오고 있었다.

정말 이상한 일이다!

"라라, 네가 생각하는 게 아니야. 네 채널에서 나는 소리야."

미겔이 라라를 진정시켰다.

"너 완전 유명해졌어! 뭘 올렸어?"

"아무것도. 아직 시간이 없었어."

미겔이 채널 화면을 여는 동안 라라가 스웨터 소매로 콧물을 닦으면서 말했다. 라울도 화면을 보려고 고개를 들었다.

세 사람은 라라 구독자들이 댓글을 다는 이유를 바로 알아챘다. 그들은 큰 글씨로 쓰인 채널 공지를 똑똑히 읽을 수 있었다.

오늘, 아침 8시에

제 친구들과 제가 공개적으로 고백을 하겠습니다.

"고백? 뭘 고백해?"

라라가 놀라서 외쳤다.

"무슨 말도 안 되는 소리야?"

라울도 정말로 놀라서 말했다.

"이 사람들이 뭘 원하는 거야? 왜 나를 이렇게 괴롭히는 거야?"

라라가 연약하게 미겔을 끌어안으며 흐느꼈다.

"나는 아무 짓도 안 했어. 이 장소에 대해 이야기해준 사람은 바로 너잖아!"

"미겔. 네가 나쁜 놈이야. 네 생각이었잖아!"

라울도 손가락으로 미겔을 가리키며 합류했다.

라라도 그 말을 부인하지 않고 미겔을 책망하듯 바라보았다.

"네가 나를 부추겼어. 네가 인터넷에서 이 무시무시한 장소에 대한 정보를 읽었잖아. 기억하지? 그리고 더 많은 정보를 찾아보고선 점괘판도 준비했잖아. 네 잘못이야."

미겔은 믿기지 않는 눈으로 라라와 라울을 바라보았다.

두 친구들의 죽음에 대한 책임을 그에게 돌리는 건가? 그 얘긴가?

미겔은 손으로 귀를 막았다. 친구들의 비난도, 그들 주변을 떠도는 소음, 점점 더 고통스럽게 느껴지는 목소리들도 참을 수 없었다. 그래서 그 순간 절박한 심정으로 결단을 내렸다.

어쩌면 그들은 정말 선을 넘어 불장난을 한 것일 수도 있다. 그렇다면 더 이상 타조처럼 머리를 숨길 수 없었다. 한 걸음 앞으로 나아가 맞서는 편이 나았다. 다른 친구들이 손가락 하나 까딱할 엄두도 내지 못한다면, 그가 주도권을 쥐고 첫걸음을 떼야 했다.

라라보다 앞서서 행동한다는 생각을 하니 미겔에게 다시 힘이 솟았다.

"좋아! 유령들에게 결정하라고 하자. 유령들을 부르자!"

라울과 라라의 얼굴이 창백해졌다.

"아니야. 제발. 유령들을 부르지 마."

라라가 갑자기 움츠러들며 애원했다.

"절대로 안 돼!"

라울도 주먹을 휘두르며 협박했다.

17장
라울

라울은 믿을 수 없었다.

미젤은 그들을 다시 실험실로 데리고 가서 유령들을 부르기 위해 점괘판을 정리하고 있었다.

지금 장난하나?

라울은 그렇게 생각했지만 말하지 않았다. 그들은 라울의 생각 따위에는 관심이 없었다. 늘 미젤과 라라가 알아서 했고 그의 의견은 무시당했다. 겉으로는 친구로 대했지만 '라울, 너는 어떻게 생각해?', '라울, 너는 무얼 할 거야?'와 같은 질문을 한 적이 없었다.

평소 라울은 자기에게 따로 생각이 있는지조차 확신하기 어려웠고 뭘 해야 할지도 몰랐다. 그러나 이처럼 너무나도 낯선 상황에 처하자 피와 시체로 가득한 '이 어두운 굴속에서 빠져나가 도망치고 싶다는 생각이 뚜렷하게 떠올랐다. 물론 시체들을 보지는 못했다. 그러나 라라가 보았다고 했으니 그것으로 충분하다. 라울은 파울라의 사진을 겨우 곁눈질로 훔쳐보았을 뿐인데도 무서워서 죽을 지경이었다. 파울라는 트럭에 치여 죽은 삼촌처럼 하얗고 뻣뻣하게 죽어 있었다. 가족들이 삼촌에게 입 맞추라고 한 뒤 라울은 밤새 잠을 자지 못했다.

그리고 알레호의 시체는 사라졌지만 실험실 바닥은 피범벅이었고 벽에는 너무나도 불쾌한 낙서가 남아 있었다. 알레호는 죽었다. 라라가 그렇다고 말했으니 믿을 수 있다. 그러나 직접 보지 못한 만큼 두렵지는 않았다.

그는 아무 잘못이 없다. 이건 라라와 미겔이 생각해낸 장난이다. 어떻게 해서 알레호가 죽은 건지는 전혀 짐작이 가지 않았지만 라울과는 상관없었다.

"정신 나갔어? 아니면 어떻게 된 거야?"

라라가 점괘판을 잡으려고 하면서 미겔에게 소리치자 미겔이 쉰 목소리로 외쳤다.

"이거 놔!"

위협적이고 딱딱한 어조를 보니 자신이 하려는 일에 대해 확신이 있는 것 같았다.

라울은 꿈을 꾸는 것 같았다. 저렇게 결단력 있고 결연한 미겔이 바로 몇 시간 전까지 휴대폰 위치 추적 앱으로 라라의 행적을 훔쳐보며 라라가 바람피운다고 생각해 바보처럼 고통스러워했단 말인가.

라라는 미겔의 말투에 놀라서 뒷걸음질 쳤다.

그런데 라라가 그 사실을 안다면……

"일단 앉아봐!"

미겔이 두 사람에게 명령했다.

미겔은 무척 흥분했고 예민해져 있었다. 미겔의 말을 따른 라라와 반대로 라울은 서 있었다. 항상 그들이 시키는 대로 했지만, 라울에게는 이제 더 이상 미겔을 존중하고 싶은 마음이 없었다. 라라는 미겔보다 더 심했다. 이번에는 그들의 말대로 하고 싶은 생각이 들지 않았다.

라울이 미겔을 진정시켰다.

"어이, 이봐. 가만히 좀 있어봐! 나는 이 거지 같은 게임을 하고 싶지 않아."

"유령들이 무서운 거야?"

라라가 조심스럽게 물었다.

라울은 화가 나서 라라 쪽으로 돌아섰다. 그는 라라와 미겔과 정신 병원에 그야말로 넌더리가 났다.

"우리 망했어. 안 그래?! 우리 진짜로 망했다고!!! 왜 더 복잡하게 하려는 거야? 우리 이제 가자!"

"너무 늦었어."

미겔이 심각한 목소리로 말했다.

라울은 소름이 돋았다. '너무 늦었다'고 말하는 투가 이미 확정된 사형을 선고하는 것처럼 들렸다.

"왜 너무 늦었다는 거야?"

라울이 다시 물었다.

그가 바보일지도 모른다. 그러나 친구들 둘이 죽었다면서 여기 남아 세 번째가 누구일지 보려 하는 것을 이해할 수 없었다.

"우리는 유령들을 화나게 했어. 우리가 용서를 구해야 해. 우리는 유령들과 이야기를 해야만 해."

미겔의 설교에 라울이 항변했다.

"이야기를 한다고? 말해봤자 아무 소용이 없을 거야!"

라울은 이야기할 줄 몰랐다. 이야기하는 것을 좋아하지도 않았다. 이야기하는 것도 쓰는 것도 엉망이라 소리치고 주먹을 휘두르는 쪽이 편했다. 그것이 더 쉽고 더 직접적이었다. 그래서 큰 걱정에 휩싸인 부모님은 그에게 먹으면 배가 아프고 구역질이 나게 만드는 기분 나쁜 알약을 먹게 했다. 그 약을 먹으면 원하지도 않은 집중이 되는 바람에 기억력이 좋아졌다. 그는 정비공이 되어서 자동차를 수리하고 싶었다. 그러나 아버지는 안 된다고, 4년제 대학을 졸업한 엔지니어가 되라고 했다. 그러려면 공부를 많이 해야 하니 그 알약을 먹어야 한다고 했다. 라울에게 술도 마시지 못하게 했고 외국 여행도 가지 못하게 하고 강아지 산책도 시키지 못하게 했다. 왜? 그는 돈을 벌어서 독립을 하고 싶은 생각밖에 없는데, 어머니는 감정적인 협박을 일삼으며 마음에 들지 않는 일이 조금만 생겨도 구급차를 불러 응급실에 입원했다. 이유는 중요하지 않았다. 발이든 손이든 상관없었다. 엄마는 간(어디에 있는지도 몰랐다)과 비장(이건 더 말할 것도 없다), 그리고 위(배와 비슷한 것 같다)가 안 좋았고 신경이 예민했다. 전부터 신경이 문제였다. 엄마가 "나 신경이 안 좋아."라고 말하면 라울은 미리부터 떨었다. 그러면 가족의 평화는 순식간에 사라져버리고 모든 원망이 라울에게 쏟아졌다. 그리고 또 알약을 먹어야 했다. 그래서 라울은 결코 부모님의 말을 거스르지 못했다. 부모님의 말도, 미겔의 말도, 라라의 말도 거스르지 못했다. 모두들 똑똑했다. 그는 바보같아서 상황을 이해하지 못했다. 알약을 먹어도 라울은 시험 때 커닝을 해야 했는데, 라라와 미겔이 고맙게도 도와주었다. 그러니까 이들은 서로 잘 맞았다. 라울은 친구들을 지켜주었으며 친구들은 그가 시험에 통과하도록 도와주었다. 균형 잡힌 협정이다.

그러나 이번은 경우가 달랐다. 고개를 숙이고 싶지도 않았고 떨리는 손으로 촛불을 켜는 라라 옆에 앉고 싶지도 않았다. 미겔은 무척 진지하게 영혼 소환을 준비했다. 라울은 이렇게 미겔이 망가진 모습을 본 적이 없었다.

"두 명이 죽었어. 멈추지 않을 거야. 그들이 우리 집에 왔어! 난 피에 젖은 수건을 봤어! 나에게 메시지도 남겼고! 모든 것이 끝났다는 것을 확인할 때까지 집으로 돌아갈 수 없어."

촛불의 빛이 손의 그림자를 비추면서 몽롱한 분위기를 연출했다. 라울이 어렸을 때 어느 날 밤 사라고사에 사는 사촌이 중국식의 그림자놀이를 하면서 겁을 주었던 일이 떠올랐다. 라울은 점점 더 불안해져서 그 모습에서 눈을 돌렸다. 그는 유령을 전혀 좋아하지 않았다. 그리고 어떻게 유령과 이야기를 한단 말인가?

"그래서 무슨 말을 할 건데?"

라울이 물었다.

"일단 유령들을 불러내면 그들이 왜 화가 났는지 우리에게 말해줄 거야. 우리는 그들을 화나게 하려던 게 아니야. 안 그래?"

미겔이 정신없이 숨을 몰아쉬며 대답했다.

라라가 아주 작은 소리로 "맞아"라고 중얼거렸다.

"집중하자."

미겔이 엄숙하게 속삭이더니, 이어서 기어들어가는 소리로 애원했다.

"라울, 제발, 우리를 좀 도와줘!"

친구가 "제발"이라는 단어를 사용했기 때문에 라울의 마음이 조금 누그러들었다. 그래서 앉아서 손을 맞잡고 똑같이 고개를 숙였다.

"이곳에 있는 유령들이여. 우리가 당신들을 부릅니다. 여기, 지금 우리에게 모습을 드러내주시기를 요청합니다."

미겔이 엄숙한 소리로 크게 외쳤다.

촛불 세 개가 동시에 꺼졌다. 라라는 비명을 질렀고 라울은 달아나고 싶은 충동을 느꼈다. 그러나 미겔이 굳건하게 그들의 손을 잡고 진정시켰다. 라울은 믿기지 않았다. 마치 특별한 능력이라도 발현한 듯 미겔이 다른 사람이 되었다. 눈썹을 모으고 이를 꽉 물고 끝까지 가보기로 결심한 듯 보였다. 그들에게 판 위에 손을 얹으라고 하고 선 미겔이 계속 말했다.

"여기 누가 있으면 그렇다고 해주세요."

이번에는 유령들이 글씨를 쓰고 싶은 마음이 없어 보였다. 아무것도 움직이지 않았고 모든 것이 그대로였다. 침묵이 말보다 훨씬 더 공포스러울 수 있었다. 거의 얼어붙을 듯한 차가운 공기가 천장에서 스며들어와서 그들은 떨었다. 미겔이 떨리는 목소리로 계속 물었다.

"여기 있어? 대답을 해!"

아무 반응이 없었다. 침묵뿐. 판은 고요했고 말은 꼼짝하지 않았다. 그런데 갑자기 삐걱거리는 소리가 들리며 그들 위로 발을 끄는 소리가 들리더니······. 다 해져 올올이 풀린 천의 실밥처럼 희미하고 불규칙한 빛이 천장에서 떨어져 내렸다. 세 사람은 놀라 고개를 들었다. 전염이라도 된 듯 모두의 몸이 부들부들 떨렸다. 미겔이 계속 상황을 이끌었다.

"엔리에타?"

말이 움직이지 않자 라울은 극도로 긴장했다. 너무나 고요한데다 너무나 집중을 한 탓에 죽을 것 같았다.

"엔리에타 맞아?"

미겔이 막다른 곳에 도달한 것처럼 다시 물었다. 롤러코스터를 탔을 때처럼 라울의 속이 울렁거렸다.

"대답해봐, 엔리에타."

라울은 점점 더 떨었다.

"대답하고 싶지 않은가 봐. 젠장!"

"입 다물어!"

라라가 윽박질렀다. 라울은 그 말에 쌓인 분노가 치솟은 나머지 판을 잡고 바닥에 던져 부숴버렸다.

"그만! 나는 유령들하고 이야기하고 싶지 않아!"

그런데 라울의 말이 떨어지자마자 실험실 수납장의 문이 굉음을 내며 열리는 게 아닌가. 세 사람은 놀라서 펄쩍 뛰었다.

"엔…… 엔…… 리에타?"

미겔이 더듬거렸다.

무덤 너머에서 들려오는 듯한, 공허한 금속성의 목소리가 방에 울려 퍼졌다.

—응…….

미겔과 라라의 얼굴이 펴졌다. 마치 엔리에타가 다른 유령들보다는 덜 무섭다는 듯 말이다. 라울은 왜 그러는지 이해할 수 없었다. 엔리에타는 라울을 제일 긴장하게 만드는 유령이었다. 어린 여자아이의 유령보다 더 소름끼치는 존재가 있을까. 만일 엔리에타가 그들을 공격하면? 어떻게 막아야 하나? 어린 여자아이에게 주먹을 휘두를 수도 없지 않은가! 아무리…… 유령 여자아이라고 해도.

"뭘 원해?"

미겔이 물었다.

엔리에타는 연약한 여자아이의 목소리로 천천히 대답했다. 라울의 목덜미에 오싹 소름이 끼쳤다.

―너희들을 도와주고 싶어.

어린 엔리에타의 유령이 또렷이 말했다.

라울은 안도의 숨을 내쉬었다. 적어도 이 유령은 우호적인 것처럼 보였다.

그러나 갑자기 경고가 이어졌다.

―너희는 죽을 거야.

라울은 오싹했다. 왜 유령들은 이런 식으로 말할까? 왜 저렇게 섬찟하게 굴지?

"엔리에타. 어떻게 우리를 도와줄 수 있지?"

라라가 평소보다 훨씬 다정한 목소리로 묻자 수수께끼 같은 대답이 돌아왔다.

―너희들이 그를 깨웠어. 그는 복수를 원해.

"누구? 누구 이야기를 하는 거야?"

라울이 절망적으로 외쳤다. 유령들이 명확하게 이야기하지 않는 것을 견디기 힘든데다 대답도 이해할 수 없었다.

"이름이 뭐야?"

확실하게 하기 위해 라울은 다시 물었다. 찰스가 이름을 물어야 한다고 말했었다.

엔리에타는 뭔가 생각하는 듯, 복수심에 휩싸인 유령의 이름이 두려운 듯 곧바로 대답하지 않았다.

―이삭.

라울은 무척 혼란스러워서 친구들을 살펴보았다. 도대체 이삭이 누구야? 라라도 같은 생각을 한 듯했다. 그래서 급히 폰을 꺼내어 구글에서 검색했다.

"찾았어!"

화면을 보여주면서 소리친 라라는 내용을 읽기 시작하면서 얼굴이 창백해졌다.

"이삭 모렛은 엔리에타와 동시에 이 정신 병원 안에 갇힌 남자애야. 탈출해서 부모님을 만나러 갔다가 부모님이 돌아가신 걸 발견했대. 걔는 그렇게 말했지만 사실은 자기가 부모님을 죽였던 거야. 그러고 나서 정신 병원으로 돌아왔고…… 그리고…….."

미겔이 라라의 말을 막고 이어 말했다. 이미 아는 이야기였다.

"정신 병원으로 돌아와서는 병원 안에 있던 수많은 의사들과 환자들을 살해했지. 마주친 사람 모두를, 부모님의 죽음에 책임이 있다고 하면서. 결국 자살했고……."

"이삭이 엔리에타도 죽였다고 생각해?"

라울이 물었다.

라라는 마치 사촌과 이야기하듯 유령에게 물었다.

"엔리에타. 너를 죽였어? 그 애가?"

—응.

꼬마 유령이 대답했다.

라울은 이를 덜덜 부딪히면서 친구들에게서 떨어졌다.

"어떻게 너를 죽였는데?"

라라가 물었다.

그게 뭐가 중요하지? 왜 그 끔찍한 일의 세부 사항을 알고 싶어 하는 걸까? 엔리에타는 살해당했다. 그걸로 끝 아닌가?

그러나 대답 대신 엔리에타는 소리를 질렀고 그들은 깜짝 놀랐다.

─벌써 여기에 왔어.

아무것도 보이지 않았지만 느낄 수 있었다. 금속성의 소리, 극심한 하수도 냄새, 그리고…… 사람이 아니라 짐승이 내는 것 같은 울부짖음.

─나는 쉬고 싶다.

엔리에타가 아니었다. 묵직하고 뒤틀리고 공격적인, 끔찍하게 사나운 남성의 목소리였다.

라울은 가슴에 무거운 돌이 얹혀진 듯한 압박감과 특별한 이름조차 알 수 없는 온몸 구석구석을 강하게 지배하는 통증을 느꼈다. 어머니라면 어딘지 익히 잘 알 부위들일 것이다. 통증이 간, 비장, 위, 신경에…….

"여기 있구나! 이삭이 여기 있어!"

그는 모습이 보이지는 않았지만 존재가 느껴졌다. 거짓말쟁이고 비겁한 라라처럼, 아니면 샘이 많고 자신 없는 미겔처럼 그렇게 생생하게 이삭의 존재가 느껴졌다.

라울은 그를 보고 싶었다. 보이지 않는 누군가와 이야기하는 건 상상조차 할 수 없었다. 주먹질을 할 수 있는 육체가 필요했다. 시커멓게 만들어버릴 수 있는 눈, 밟아버릴 수 있는 발이……. 하지만 연기만이 있었다. 아니 아무것도 없었다.

반대로 미겔은 이삭의 유령에게 몸이 있든 없든 상관없다는 듯 계속해서 이삭과 이야기하려고 시도했다.

"우리는 너를 성가시게 하고 싶지 않았어."

―너희들이 나를 깨웠다.

라울은 놀랐다. 유령들이 잠을 잔다고? 쉬고 있었다고?

갑자기 라라가 소리를 지르며 목에 손을 가져갔다.

"아! 안 돼!"

미겔은 라라를 돕는 대신 겁에 질려서 뒷걸음질 쳤다. 라울은 아무것도 보이지 않아서 두렵지도 않았다. 하지만 뭔가가 라라를 공격하고 있다는 사실은 분명했다.

라울은 두 손으로 점괘판 조각을 붙들고 마치 무기라도 되는 듯 라라 주변의 허공에 대고 마구 휘둘렀다.

"우리는 네가 무섭지 않아! 가! 꺼져버리라고!"

공포는 라울을 마비시키기는커녕 라울을 행동하게 만들었다. 아니 공격하게 했다고 하는 편이 더 어울릴 것이다.

라라는 믿기지 않는다는 듯 숨을 쉬었다.

"날 놔줬어!"

라울이 퉁명스럽게 말했다.

"물론이지. 내가 한 방 먹였거든."

"패서 될 문제가 아니야. 우리는 이야기를 해야 한다고!"

미켈이 라울을 나무랐다.

라울은 기분이 상해서 어깨를 으쓱했다.

"라라의 목을 조르고 있었다고!"

하지만 라라는 고맙다는 말 대신 퉁명스럽게 쏘아붙였다.

"너 정말 멍청하다니까!"

부당했다. 그녀를 구해주었는데, 가장 상처주는 말로 돌아오다니. 라라는 알고 있었다. '멍청이'라는 말이야말로 그에게 가장 큰 상처가 된다는 걸. 유치원 때부터 계속해서 들어온 말이다. "저 아이는 멍청해." 그리고 사실 그는 정말 그런 애일지도 모른다. 그러나 그 말은 아무리 들어도 듣기 싫었다.

"미안해……."

라울이 수치심에 휩싸여서 말했다.

그런데 그 말을 하자마자 수도꼭지가 열린 것처럼 물방울 소리가 들리기 시작했다. 천장에서 물이 뚝뚝 떨어지는 것 같았다.

모두들 놀라서 사방을 두리번거렸다. 휴대폰도 이제 배터리가 얼마 남지 않아 몇 시간 전처럼 빛이 강하지 않았다. 라울은 물방울 하나가 머리에, 또 다른 물방울이 셔츠에, 그리고 얼굴에 떨어지는 걸 느꼈다.

라라는 젖은 머리를 손으로 닦고선 그걸 눈앞에서 보고 비명을 질렀다. 참을 수 없이 강렬한, 절망적인 비명이었다.

"피야! 피!!!"

라라는 바지에 손을 닦으려고 하면서 공황에 빠진 듯 울부짖었다. 머리카락처럼, 얼굴처럼, 손처럼, 바지도 피로 물들었다.

두려움은 한 단계 더 뛰어올라 끔찍한 공포가 되었다. 미겔은 평정을 잃고 유령과의 대화를 포기했다.

"밖으로! 가자! 문을 열어!"

그가 자기 자신을 추스르려고 애쓰며 소리치고는, 복도로 나가려다 말고 갑자기 멈춰 섰다.

복도에서 구불구불 움직이는 낯설고 이상한 빛이 새어들어왔다.

라라는 미겔을 끌어안았다. 라울은 본능적으로 주먹을 꽉 쥐었다.

"너는 누구야? 나와서 얼굴을 보여줘!"

라울이 외쳤다.

그림자 하나가 벽에 비쳤다. 긴 머리에 발끝까지 내려오는 치마를 입은, 여자인지 아니면 어린 소녀인지 모를 그림자가 유령처럼 천천히 움직였다.

미겔은 두 손으로 얼굴을 가렸다. 라라는 떨기 시작했다. 라울은 눈을 비볐다. 유령이 보였다. 유령을 보고 있었다.

"엔리에타!"

라라가 완전히 침착함을 잃고 소리쳤다. 그러고는 무릎을 꿇고 흐느끼며 애원했다.

"우리는 아무 짓도 하지 않았어. 우릴 가게 해줘. 제발. 우리를 해치지 말아줘!"

그런데 이상하게도 라울은 웃음이 나왔다. 몸을 가진 유령은 이제 다른 문제였다.

— 너희들을…… 도와……줄 수 있어.

유령의 응답에 라울은 주먹의 힘을 풀었다.

— 하지만…… 그렇게…… 하지 않을 거야.

"우리를 갖고 노는 거야?"

라울이 무척 화를 내며 소리쳤다. 이미 겪을 만큼 겪은데다 잔혹한 유령들이 지긋지긋했다.

―너희들은…… 너희들의…… 친구를…… 학대했어.

이건 분명하게, 아주 분명하게 말할 수 있었다.

"얼간이는 우리 친구가 아니야!"

라울은 라라와 미겔이 자기의 명확한 응수에 고마워할 거라고 기대했지만, 그들은 라울의 대답을 무시했다. 또 일을 그르친 것인가?

라라는 아주 극적으로 말했다.

"제발, 우리를 좀 도와줘. 뭐든 할게! 나는 죽고 싶지 않아!"

―고백해…….

제 3 부

18장
미겔

라라는 자기 목숨은 건지겠단 태도로 급히 대답했다.
"나는 고백할 게 아무것도 없어!"
자신만만한 외침이었다.
"나도 없어."
라울도 가담했다.
미겔은 라울의 이런 면에 넌더리가 났다. 라울은 언제나 따라했다. 항상 라라가 말할 때를 기다렸다가 라라를 따라 흉내 냈다.
화가 나서 참을 수 없었다! 진실을 말해야 할 순간에 친구들이 비겁하게 굴었다. 유령들의 말이 맞다. 모든 허물을 고백하고 털어내야 했다. 라라는 도대체 무슨 생각일까? 저세상의 존재들을 속인다고? 라라는 피에 젖은 수건을 보거나 자기 집 거울에 씌어진 글자도 보지 못했다. 그런데 이미 두 명이 살해당한 만큼 미겔은 당연히 세 번째 인물이 되고 싶지 않았다. 더 이상 타조처럼 모래 속에 머리를 파묻을 수 없었다. 누가 알까……. 만일 솔직해진다면, 만일 진실을 말한다면, 목숨도 구하고 모든 것을 용서받을 수 있을지도 모른다. 그는 죽고 싶지 않았다. 그건 분명했다. 만일 굴욕적으로 자신을 낮추고 자신의 부끄러운 과오를 세상에 드러내야 하더라도…… 그렇게 할 것이다.

"거짓말쟁이들!"

미겔이 친구들을 비난했다.

라라는 놀라 눈이 휘둥그레져서 그를 바라보았고 라울은 화가 났는지 주먹을 불끈 쥐었다.

"우리 전부가 한심한 인간들이야. 너희들도 그렇고 나도. 용서받지 못할 인간들이지. 하지만 차이가 있어. 나는 고백할 거야."

라라가 잔뜩 화가 나서 물었다.

"뭘 고백할 건데? 우리는 나쁜 인간들이고 너는 착한 아이라고?"

미겔은 라라의 말을 무시한 채 이야기를 시작하려고

목소리를 가다듬었다.

"말레나를 못살게 굴었다는 사실을 고백합니다. 메시지를 보내고 거리에서 따라다니고 가방을 빼앗고 그녀를 못살게 굴었습니다. 놀이라고 생각했는데 놀이가 눈덩이처럼 매일매일 조금씩 커졌어요."

라라가 폰을 꺼내서 녹화하기 시작했다.

"다시 한 번 말해볼래?"

그녀는 아주 당당하게 미겔에게 영상의 초점을 맞추면서 요구했다.

미겔은 이를 깨물면서 카메라를 바라보았다.

"말레나 캄포스를 괴롭혔다는 사실을 고백합니다. 폰과 열쇠, 돈을 빼앗았고 천 번이고 만 번이고 그 애를 괴롭혔어요. 그 애가 뚱뚱하다는 이유로요."

라울과 라라는 자기들과는 상관없는 이야기라는 듯 흥미롭게 미겔의 이야기를 들었다. 라울이 물었다.

"그리고…… 알레호는? 유령이 알레호에 대해 이야기하라잖아."

미겔은 숨을 들이쉬고서 고개를 끄덕였다.

"얼간이 알레호에게 못된 짓을 한 것을 고백합니다. 아니, 알레호 앙게라입니다. 저에게 아무 짓도 하지 않은 애인데, 마음에도 들고 괜찮은 친구 같아 보였는데, 제가 저지르는 대로 당하기만 하기에 축구 팀에서 걔를 내쫓았습니다. 옷을 훔쳐서 샤워실에서 알몸으로 나오게 하고, 운동장에서 놀림거리가 되게도 했습니다. 그리고…… 그리고…….”

미겔은 머리를 긁적였다. 성격이 급한 라라는 무자비하게 영상을 촬영했다.

"그리고 또 뭐? 계속 해봐…….”

미겔은 다시 라라 쪽을 향했다.

"저는 라라가 시키는 대로 다 따랐습니다. 왜냐하면 저는 라라한테 푹 빠져 있었거든요. 홀딱 빠져 있었어요. 라라가 온갖 것을 명령하면, 라라가 '이 인간은 숨 쉴 자격도 없어' 하고 말하면 그 말을 듣고 시키는 대로 했습니다. 라라가 알레호를 우리의 새로운 희생양으로 정했어요. 저는 말레나에게 그랬던 것처럼 가엾은 알레호에게도 나쁜 놈이었다는 사실을 고백합니다. 그냥 라라에게 점수를 따고 싶었어요. 왜냐하면 다들 우리가 갈 데까지 갔다고 생각하지만 사실 아무 일도 없었거든요. 손도 못 잡아봤고 라라가 벗은 모습조차 보지 못했습니다. 저는 아직 경험이 없어요. 하, 정말 웃기죠! 우리는 정말 멋진 사람들처럼 보이지만, 실상 우리는…….."

"멈춰! 이제 멈추라고, 멍청아! 이렇게 입이 가볍다니! 네 말을 네가 좀 들어봐야 해!"

분노로 얼굴이 시뻘게진 라라는 영상 촬영을 멈췄고 라울은 믿을 수 없다는 듯 눈을 비볐다. 미겔은 무척 진지하게 라라를 바라보았다.

"내가 말한 게 사실이 아니야? 우리 아무것도 안 했잖아? 항상 너는 핑계만 찾았잖아?"

"그건 네가 내 마음에 들지 않았기 때문이야. 네가 내 마음에 차지 않았다고! 하지만 나는 수녀가 아니야. 알아? 내가 다른 사람을 만나는지 아닌지 네가 알아?"

미겔은 가슴을 한 대 얻어맞은 듯했다. 숨을 쉴 수 없을 지경으로 맞은 것 같았다. 그런 말을 듣는 것은 무척 모욕적이었다. 그러나 라라가 미겔에게 상처를 주려고 한 말임을 알았기에 입을 다물지 않았다.

"거짓말이야! 너는 모두를 속여왔지만 나를 속일 순 없어. 너는 다른 남자와 사귄 적이 없어. 난 알아. 왜냐하면 난 너의 모든 것을 아니까. 매 순간 네가 어디에 있는지 알고 있으니까!"

갑자기 화가 난 라라는 폰을 들고 있던 손을 올려 다시 촬영을 이어갔다.

"날 몰래 염탐하고 있었다는 말이야? 그런 말이야?"

미겔은 고개를 끄덕였다. 그의 표정에서 반란의 불꽃이 튀었다. 작으나마 드디어 그의 소박한 승리를 즐길 시간이 온 것이다.

"네 폰에 앱을 깔았어! 난 너에 대해 모든 것을 알고 있다고! 넌 다른 애인은커녕 아예 남자를 사귄 적이 없지! 너는 너의 구독자들에게만 집착해!"

라라는 상황을 이어가기 전에 침을 삼켰다. 그리고 손가락으로 미겔을 가리켰다.

"그럼 네가 질투 때문에 날 감시했다는 사실을 인정하는 거야? 내 사생활을 침해한 걸 말이야?"

이제 미겔은 누구와 이야기하는지, 왜 이야기하는지 알지 못했다. 그러나 마음이 편해지고 있었다. 오래전부터 이야기하고 싶었던 것을 마침내 말하는 기분이었다.

"내가 잘못 생각했다는 걸 알아. 네가 나를 좋아한다고 생각하면서 날 속이고 있었어. 하지만 사실은 널 참을 수 없어! 너는 최소한의 공감 능력도 없어. 너는 돌 같아. 나무 막대기 같다고!"

라라에게 불이 붙었다.

"그럼 너는? 이 정신병자야! 너는 사람처럼 굴질 못하는 놈이잖아! 우리 모두 네가 다른 애들을 괴롭혔다고 고백하는 말을 들었어! 우리가 너를 불쌍하게 여겨주기를 바라니? 불쌍한 미겔을 위해 우리가 울어주기를 바라? 너에게 인간성이란 게 있긴 해? 어? 개미라도 좋아해? 덤보 보면서 울어?"

"나는 침대에 오줌을 싸!"

갑자기 미겔이 소리쳤다.

라라는 비틀거렸고 라울은 놀라서 입을 다물지 못했다. 마치 입안에 탁구공이 들어가서 입을 다물지 못하는 것 같았다.

너무 나갔다 싶었지만 이미 뱉어버린 말이었다. 미겔은 이 사실을 알아차리고 울음을 터뜨렸다. 더 이상 벌어진 일은 중요하지 않았다. 되돌릴 수 있는 방법이 없었다.

"그래. 침대에 오줌을 싼다고. 그래서? 그래서 나는 집 밖에서 잠을 잘 수가 없어. 나는 형편없어! 됐어? 한 줌의 인간성을 원했지? 여기 있어!"

그리고 미겔은 절망에 차서 손으로 얼굴을 감쌌다.

"하지만 나는 살인자는 아니야! 인정사정없는 정신병자가 아니라고! 나는 알레호도, 파울라도 죽기를 원하지 않았어. 정말로 원하지 않았어. 맹세해! 머릿속에서도 생각조차 해본 적 없어. 그냥 장난친 거였어. 잠깐 웃고 싶었고 얼간이가 무서워 죽는 모습을 보고 싶었던 거라고!"

라라는 녹화를 멈추고 역겹다는 듯 미겔을 바라보았다.

그때, 엔리에타의 유령이 미겔의 대답을 받아들였다.

— 아주 잘했어. 미겔…….

19장
라울

 엔리에타는 계속 여기에 머물러 있었고 미겔을 용서해주었다. 충격을 받은 라울은 현실을 받아들이지 못했다. 그렇게 우러러본 가장 친한 친구가 기저귀를 차는 아이처럼 오줌을 싼다는 사실을 믿을 수 없었다. 하지만 미겔 덕분에 이제 고백이 어떤 것인지 이해했다. 자기를 괴롭혀오던 모든 것, 악취를 풍기며 자기를 더럽다고 느끼게 하던 모든 것을 토해내는 것이다. 미겔은 용감했다. 라울은 미겔의 생각에 동의했다. 라라는 라라의 음악에 맞추어서 그들이 춤을 추게 만드는 감독이었다. 그리고 알레호와 파울라처럼 죽고 싶지 않은 라울은 기회를 얻기를 원했다. 아마 솔직해진다면, 미겔처럼 그렇게 솔직해진다면 유령들이 그도 용서해주리라.

라울은 엔리에타를 향했다.

"나도 알레호가 죽기를 바라지 않았어! 놀라 자빠져서 이곳을 탈출해서 집으로 돌아갈 거라고 믿었어. 하지만…… 그건 내 생각이 아니야. 나는 생각이 없어. 나는 엄청나게 멍청해. 그래서 라라와 미겔의 친구로 사는 거야. 애들이 내가 해야 하는 것을 말해주면 나는 그대로 해. 나한테 약을 먹이는 우리 부모님에게 하듯이 말이야. 하지만 나는 약을 먹고 싶지 않아. 약을 먹으면 내가 아닌 다른 사람이 돼. 그리고 배가 아프고 우울해지고 잠을 잘 수가 없어!"

라울은 잠시 입을 다물었다. 그리고 심장이 무척 빨리 뛰고 손이 떨리고 있다는 사실을, 자신이 진실을 말하고 있다는 사실을 깨달았다. 미겔이 등을 두드려주었고 라울은 전기가 오르듯 전율을 느꼈다.

"아주 좋아. 친구야, 미안해. 몰랐어……. 미안해."

라울은 미겔을 돌아보고 과감하게 말했다.

"그리고 난 널 좋아해, 빌어먹을! 널 엄청 좋아한다고! 난 여자애들을 안 좋아해. 여자애들을 이해할 수 없어! 어쩌면 내가 게이인지도 모르지. 모르겠어. 왜냐하면 남자랑 해본 적이 없거든! 이건 너도 몰랐지? 안 그래?"

말을 끝내고 보니 미겔이 너무 놀라서 그를 바라보고 있었다. 틀림없이 그의 고백에 충격을 받은 것이다. 어쩌면 너무 흥분해서 생각보다 너무 많은 것을 고백했는지도 모른다. 라울은 자기가 실수한 건지 판단하기가 어려웠다. 자주 적정한 수준을 판단하지 못한 나머지 양극단을 오가는 행동이 튀어나왔기 때문이다. 그러니까 아무것도 말하지 않거나 모든 것을 다 말해버리는 식이었다. 그렇지만 신경쓰이지 않았다. 밑바닥까지 털어놓은데다 고백까지 저질렀다. 그리고 빌어먹을 라라가 모든 순간을 영상으로 촬영했다.

라울은 다가가서 라라의 폰을 빼앗았다. 라라의 허세 부리는 얼굴을 보니 화가 치밀었다.

"이제 너야. 너도 고백을 해! 알레호를 놀리겠다고 미겔과 날 여기로 끌어들인 사람이 바로 너니까."

라라는 아무 말도 하지 않고 배우처럼 미소를 지으며 카메라를 향했다.

"저는 별로 내키지 않았지만 결국 따라왔어요. 알레호를 건드리지 말자고 했어요. 얼간이, 그러니까 알레호는 남한테 해를 끼치는 애가 아니거든요. 하지만 쟤들은 둘이고 저는 혼자니까……."

"이 거짓말쟁이야!!!"

미겔과 라울이 동시에 외쳤다. 라라는 필사적으로 방어했다.

"너희들 뭘 원하는 거야? 내가 너희들처럼 바보 멍청이라고 고백하라고? 난 아니야. 나는 동성애자도 아니고, 침대에 오줌을 싸지도 않고, 내 애인을 감시하지도 않고, 시험을 치르기 위해 약을 먹지도 않아. 나는 보통의 평범한 여학생이야. 어떻냐면……."

미겔이 분노해서 외쳤다.

"그만해! 네 잘못으로 우리가 여기까지 왔잖아. 다 털어놓아!!!"

라울은 친구가 이토록 화를 내는 모습을 본 적이 없어서 놀랐다. 그러나 미겔은 라라 때문에 분노한 것이다. 라울 때문이 아니다. 라울이 사랑을 고백하는 말을 듣고 나서도 미겔은 뒷걸음질 치지 않았다. 역겨운 표정을 짓지도 동성애자라고 욕하지도 않았다. 그러지 않았다……. 미겔은 라울의 솔직함에 모욕감이나 분노를 느낀 것 같지 않았다. 그리고 사실, 마침내 큰 소리로 비밀을 모두 말하고 나니 그를 누르고 있던 무거운 짐들을 떨쳐버린 기분이었다.

그렇다. 라울은 미겔에게 완전히 반했다. 그리고 침대에서 오줌을 싼다 해도, 미겔이 자랑스러웠다.

20장
라라

 라라는 달아나기 위해 사방을 둘러보았다. 그러나 도망갈 구멍이 없었다.

 미젤과 라울은 라라에게 고백을 강요했다. 그 모든 것들을 토해내고 나서 무슨 권위로 그런 말을 하는 거지? 그들은 남들 앞에서 창피하기 짝이 없는 일들을 털어놓았는데, 부끄러워하는 대신에…… 해방된 것처럼 보였다.

 라라는 어리둥절했다. 그녀를 감시하고 침대에 오줌을 싼다는 말을 한 주제에 미젤이 어떻게 감히 그녀에게 뭔가를 요구할 수 있단 말인가? 오줌싸개와 함께 잠을 잘 뻔했다는 것을 생각하기만 해도 토할 것 같았다. 정말로 수치스러웠다. 미젤은 사기꾼이다. 라라가 진작 진실을 알았다면 미젤에게 조금의 관심도 내주지 않았을 것이다.

그런데 이제 어떡하지? 누가 미겔이 남긴 이 트라우마를 극복할 수 있게 자기를 도울 수 있을까? 미겔이 상담비를 대야 하는 건 아닐까? 보상을 하려면 당연히 그렇게 해야 할 것이다. 탐정물에서 말하듯 최소한 손해에 따른 피해 보상만이라도 하려면 말이다.

그런데 라울은 어떻고? 침대에 오줌을 싸는 그녀의 남자 친구에게 바보 같은 사랑 고백을 하고 나서, 감히 어떻게 그녀에게 뭘 요구할 수 있단 말인가? 정확하게 말해 전前 남자 친구라고 해도 말이다. 그런 얘기를 들은 이상 라라는 미겔을 더 이상 남자 친구라 할 수 없었다.

—라라아아아아.

라라의 머리카락이 쭈뼛 서게 하는 유령의 목소리가 들려왔다. 라울은 단번에 공격 자세로 팔을 들었다.

"이삭? 어디에 있어? 얼굴을 보여줘!"

유령은 그의 말에 따랐다.

그러나 피바다인 방에 나타난 그림자는 이삭이 아니었다. 그녀를 비난하듯 가리키는 죽은 알레호의 시체였다. 그녀를, 라라를 가리키고 있었다.

—네가 날 죽였어.

라라는 전혀 죽음에 대해 생각해본 적이 없었다. 죽음

은 자기 인생과는 관련 없이 머나먼 일이었다. 그러나 알레호의 시신을 목격한 일은 라라에게 큰 충격을 주었다. 그녀는 파울라처럼 알레호에게 다가갈 용기가 없었다. 생명 없는 살덩어리에 손을 대는 것은 끔찍하게 무서운 일이다. 그런데 이제 알레호의 유령이 그녀를 찾아왔다. 그녀가 조롱하고 못살게 굴고 괴롭히고 끝없이 잔인하게 대했던 아이가.

복수하기를 원하나? 그녀를 죽여버리고 싶어 하는 건가?

라라는 마음속 깊은 곳에서부터 터져 나오려는 비명을 억눌렀다. 오래전부터 모든 인류가 갖고 있던 두려움, 미지에 대한 두려움, 이 세상 너머 죽은 자들에 대해 가진 두려움의 외침이었다. 아니야. 그녀는 알레호처럼 죽고 싶지 않았다. 그녀의 먹잇감에게 희생당하고 싶지 않았다. 그런데 친구들처럼 진실을 말하지 않는다면 알레호가 자비를 보이지 않을 거란 생각이 들었다. 그녀라도 그럴 것이다.

겁에 질린 라라는 시체 앞에 무릎을 꿇었다. 그녀는 산산조각으로 무너졌다.

"용서해줘. 용서해줘. 알레호."

라라는 울부짖으며 흐느꼈다.

"나는…… 나는 너를 못살게 굴고 싶지 않았어. 하지만 네가 날 괴롭혔어. 나를 본 척도 하지 않았잖아. 넌 날 바라보지 않았어. 파울라만 바라보았지. 나는 널 상냥하게 대했어. 기억나지 않아? 파티에 초대했는데, 네가 오지 않아서…… 그래서…… 그래서……. 난 네가 죽기를 원한 게 아냐. 하지만 너 때문에 끔찍한 시간을 보내고 있으니 고통이 뭔지 알려주고 싶었어……. 그래. 고통스러웠어. 무척 고통스러웠어. 난 뚱뚱해지고 싶지 않아서 안 먹어. 먹고 나면 내가 아주 끔찍하게 느껴져…… 그래서 울고…… 밤마다 잠에서 깨어났어. 언제나 누군가는 날 무시해. 난 사람들이 나를 사랑하지 않는 걸 참을 수 없었어. 파울라는 나를 사랑하지 않고…… 말레나를 더 좋아하고…… 널 더 좋아했지……. 난 혼자 남고 싶지 않았어. 내 친구들도 날 버릴까 봐 두려웠어. 파울라나, 너희……."

라라는 입을 다물고는 알레호의 시체 뒤를 뚫어져라 바라보았다. 너무나 뚜렷하게 알아볼 수 있는 형체가 나타났다. 피 묻은 파울라의 시신이었다.

―너희들은…… 나쁜…… 인간들이야.

그 형체는 분명하게 말했다.

이번엔 죽은 친구 파울라가 나타나 피에 젖은 손가락으로 라라를 가리키는 일까지 벌어지니, 라라와 모두는 견딜 수 없는 충격에 휩싸였다.

"기다려! 기다려!"

미겔이 라라를 붙잡으려고 하면서 말했다.

그러나 이제 라라는 완전히 이성을 잃었다. 그녀는 악령에 들린 사람처럼 비명을 지르며 미겔의 손을 뿌리쳤다. 너무 세게 뿌리쳐서 미겔의 손에 티셔츠 조각이 남을 정도였다.

"사람 살려어어어어!!!"

라라가 복도를 달려가며 외쳤다.

문들이 다 열려 있고 라라가 달려 나가는 것을 아무것도 막지 않는 것을 보고서, 미겔도 소리를 지르며 라라 뒤를 따라 나갔다.

21장
라울

라울은 혼자만 죽은 친구들과 함께 남았다는 사실을 알아차렸다. 도망치기에는 너무 늦었다. 원혼들이 문으로 가서 라울이 방을 나갈 길을 막았기에 이번에는 그조차 공포를 느꼈다. 무책임하게 다른 사람들을 괴롭혀온 행동의 결과를 아는 건 두렵기 짝이 없는 일이었다. 그리고 그 증거가 지금 눈앞에 있었다. 그가 무신경하게 군 결과 희생된 둘, 알레호와 파울라였다.

라울이 깜짝 놀라 뒷걸음질쳤다. 하지만 바닥이 피로 흠뻑 젖어 있어서 발이 미끄러졌고, 넘어지면서 충격을 피하려 팔을 움직였지만 불행히도 뼈가 부러지는 소리로 끝났다. 갑작스레 무시무시한 고통이 라울을 찾아왔다. 참을 수 없이 비인간적인 통증이었다. 수많은 팔을 부러뜨려보고도 처음 느껴보는 통증이었다. 물론 부러뜨려본 건 남의 팔이었지만 말이다.

라울은 여기, 바닥에서, 친구들 하나 없이, 그의 악행으로 말미암은 두 희생자에게 둘러싸여서 자신이 절대적인 무방비 상태에 있음을 깨달았다.

그리고 라울은 갑자기 어린아이처럼 울음을 터뜨렸다.

"아니야아아아! 제발! 날 더 이상 아프게 하지 마!!"

22장
알레호

 죽는 건 쉬운 일이 아니다. 나는 때때로 내게 몸이 없다는 사실을 잊고 해서는 안 되는 일을 하려고 했다.

 예를 들어 폰을 주우려고 한다든가 하는 일 말이다.

 파울라는 내가 라울 가까이 바닥에 떨어져 있던 라라의 폰을 줍기 위해 몸을 굽히려고 하자 내게 알려주었다.

 "알레호. 우리는 죽었어. 우리에게는 몸이 없어. 우리는 영혼들이야. 물건을 주울 수 없어."

 나는 놀라서 멈추고 파울라를 바라보았다. 파울라 말이 맞았다. 나는 뒤로 물러나서 한숨을 쉬었다. 얼마나 바보 같은가!

 라울의 눈이 너무나 놀라서 커지는 모습을 보니 마음이 안 좋았다. 눈이 커지고 부풀어 올라 얼굴 한가득이 되었다. 풍선 같은 눈이 곧 터질 것만 같았다. 라울은 목에서 나오려는 비명을 참았고, 숨을 참느라 얼굴이 파래진 나머지 안색이 거의 라일락색으로 변했다.

우리의 존재만으로 누군가를 으스스하게 만들 수 있다는 건 재미있는 일이다. 전에는 결코 없던 일이다. 전에는 아무도 나를 보고 놀라거나 겁에 질린 표정으로 내 말을 듣거나 무서운 것이라도 본 듯 나에게서 재빨리 도망친다거나 하는 일이 없었다. 턱수염과 콧수염이 있는 수학 선생님이 되는 것과 비슷하다.

라울이 나를 무서워한다. 파울라와 나를 무서워한다. 얼굴에 다 표가 났지만 라울이 어떻게 할지는 알 수 없었다. 전에 했듯이 나를 깜짝 놀라게 할 수도 있다.

가엾은 라울. 모두들 라울이 멍청하다고 생각했고 스스로조차 그렇게 생각했다. 나는 마음이 아팠다. 내가 죽은 게 아니라면 등을 두드려주고 사실이 아니라고, 바보가 아니라고, 라라의 목을 졸랐을 때 라라를 도와주려고 한 건 너뿐이라고 말해주었을 텐데. 그는 용감하고 자기 친구들에게 좋은 친구였다……. 그러나 이제 나는 몸이 없어서 누구도 끌어안아줄 수 없다.

나는 우리 학교의 저 스타 삼총사의 고백을 듣고 놀라

서 미칠 뻔했다. 파울라는 나만큼은 아니었다. 파울라는 어렸을 때부터 라라를 알고 지냈으니 뭔가 눈치채고 있었을 것이다. 나는 아니다. 난 라라가 날 좋아할 거라는 생각은 결코 해보지 못했다. 저렇게나 꼬여 있을 수가! 나는 그녀가 나를 초대했다는 그날을 전혀 기억하지 못한다. 아마 힘든 나머지 간다거나 안 간다는 말조차 하지 않았을 것이다. 나는 놀라서 굳어졌다. 분을 참지 못해 나의 적이 되었다는 게 무척 충격적이었다. 그러니까 달콤라라가 나의 생활을 불가능하게 만들고 나를 괴롭힌 건 내가 그녀가 원했던 대로 첫눈에 그녀를 바라보지 않아서 고통스러웠기 때문이라는 것이다. 라라는 벌을 받아 마땅했다. 불안하고 자신감 없는 미겔이나 충동적인 짐승 같은 라울처럼.

그때, 우리가 움직이지 않고 화도 내지 않고 그를 산산조각 내기 위해 도끼를 꺼내지도 않는 모습을 보고서, 라울은 고개를 숙이고 애원하기 시작했다.

"제발, 제발……."

'제발, 뭘?'

나는 생각했다.

"나 팔이 너무 아파."

말이 필요 없었다. 아파 보였다.

"부탁이야. 나를 도와줘."

나는 뭘 해야 할지 몰랐다. 사실 이런 일은 생각하지 못했다. 하지만 영혼이 되는 것의 좋은 점은 뭔가를 정당화하거나 가장할 필요가 없다는 것이다. 생각하는 것을 말하면 된다. 생각한 것을 말한 파울라처럼 말이다.

"폰을 집어."

파울라는 금속성의 목소리로 라울에게 명령했다.

영혼이 된 파울라의 목소리는 매력적이다. 파울라는 내 유령 목소리가 가슴을 떨리게 한다고 했다. 나는 영혼의 목소리를 내는 게 좋았다. 이 새로운 존재가 마음에 들었다. 결코 상상해보지 못했던 일이다. 하지만 유령의 몸을 가진 이 상태는 정말 멋졌다. 나는 확신에 차서 행동하고, 웃지 않고, 의심하지 않고, 더듬거리지 않고, 그 누구의 비위도 맞추려 하지 않고 말한다. 바로 앞을 보지 못하는 듯 멀리 바라보는 움직임은 기계적이고 부자연스럽다. 왜냐하면 영혼들에게 몸은 거추장스럽기 때문이다. 그래서 내가 긴장을 하고 있는지, 내가 서툰지도 티가 나지 않는다.

라울은 반발하지 않고 파울라의 말에 복종했다.

"그러면 이제 어떻게 할까? 알레호. 라울이 뭘 해야 한다고 생각해?"

파울라가 나에게 물었다.

나는 언제나 파울라가 좋았지만, 영혼이 된 지금은 더 좋았다. 파울라는 나의 의견을 알고 싶어 하고 우리는 함께 결정한다. 우리는 멋진 팀이다.

라울은 부러진 팔 때문에 아파서 울며 피 웅덩이 위를 기어와서는 내가 생각하는 동안 숨도 못 쉬고 대답을 기다렸다. 나는 내게 힘이 있는 것처럼 느꼈고 라울의 피부가 다시 푸르스름한 색이 되었다는 것을 알았다.

"네가 해야 한다고 생각하는 일을 해."

내 말을 듣고 라울이 당황했다.

"그게…… 그게…… 무슨…… 뜻이야?"

라울이 더듬거렸다.

"세 사람의 고백을 가지고 네가 하고 싶은 대로 하라고. 그냥 지울 수도 있고 인터넷에 올릴 수도 있어."

파울라가 내 말에 동의했다.

"너는 자유야. 라울. 아무도 너에게 그 무엇도 강요하지 않아."

라울은 이해하지 못했다. 우리가 라울을 놀린다고 생

각하는지 차례로 우리를 바라보았다. 그는 완전히 길을 잃은 듯했다. 평생 한 번도 스스로 이성을 발휘해 결정한 적이 없고 항상 충동적으로 행동하고 복종하며 살아왔기 때문이다.

"하지만…… 너희들은…… 이삭은…….”

내가 그의 말을 끊었다.

"농담이었어. 너희들도 농담이라고 했잖아. 맞지? 때때로 농담이 도를 지나치면 무서운 결과를 초래하기도 하지만…… 우리들처럼 말이지…….”

라울이 무너지는 모습이 보였다. 마음이 아팠다.

"더 이상은 생각하지 마.”

내가 라울이 더 이상 힘을 잃지 않도록 덧붙이자, 라울은 울음을 터뜨렸다.

"용서해줘. 너희 둘에게 용서를 청할게. 너희들을 해치고 싶지 않았어. 앞으로는 결코 아무도, 아무도 해치지 않을게.”

파울라는 나를 바라보고 나는 고개를 끄덕였다.

"우리는 네 말을 믿을게.”

라울이 무척 힘들게 숨을 쉬었다.

"그런데 이삭은? 나를 해치지 않을까?”

내가 서둘러 대답했다.

"그건 이삭에게 물어봐야 할 거야. 여기서는 영혼이 각자 스스로 결정을 해. 너도 그렇게 하는 법을 배워야 할 거야."

라울은 자기 몸을 만져보았다. 순간 자신도 죽었다고, 그도 역시 영혼이라고 믿었던 것 같다. 하지만 팔이 아팠는지 소리를 질렀다. 팔이 덜렁거리는 모습을 보니 안쓰러웠다.

"곧바로 병원으로 가서 치료를 하는 편이 좋을 거야. 너 혼자 일어나야 해. 우리는 몸이 없어서 너를 도와줄 수 없어."

라울은 내 설명을 이해했는지 벽에 기대면서 일어났다. 훨씬 더 침착하고 편안해 보였다. 그러고는 세 사람의 고백이 담긴 라라의 폰을 우리에게 보여주었다.

"정말로 나 혼자 결정해도 돼?"

파울라와 나는 고개를 끄덕였다. 라울은 미소를 짓고 침을 삼켰다.

"너희들에게 다른 걸 하나 더 고백할게. 이삭은 내 마음에 들어. 그리고 나는 이삭을 이해해. 틀림없이 부모님이 돌아가신 걸 보고 마음이 아파서 돌아버렸을 거야. 그래서 다른 사람들을 해치고 있다는 사실을 몰랐을 거야. 그러고 난 다음에 너무 괴로워서 목숨을 끊었겠지. 지금은 죄책감 때문에 아무도 결코 그를 용서해주지 않을 거라고 생각해서, 혼령이 되어 헤매고 있는 거야. 그저 잠을 자고 모든 것을 잊기만을 바라면서. 그래서 우리가 그를 깨워서 화가 났을 거야."

나는 놀랐다. 라울이 그렇게 생각했다는 사실에 무척 놀랐다. 정확하게 말해서 바보가 할 생각이 아니었다.

"그러면 이삭에게 말해. 아마 아무도 이삭에게 괜찮다고 이야기하지 않았을 거야."

라울이 용기를 내어 고개를 들고 두려움 없이 소리쳤다.

"어이! 이삭! 나도 생각 없이 행동해왔어! 너를 이해해, 친구야! 넌 정말 큰일을 저질렀어. 하지만 네가 뉘우친다면 우린 너를 용서할 거야. 엔리에타조차도 너에게 화를 품고 있지 않아. 내 친구들도 마찬가지야. 그렇지?"

라울이 우리에게 부드럽게 물었다. 파울라와 내가 맞다고 하자 라울은 미소를 지었고 우리는 조용히 작별했다.

라울은 팔을 붙잡고 멀쩡한 손으로 폰을 들고서 생각에 잠겨 복도를 걸어 나갔다.

우리는 위로 올라가는 계단으로 멀어져가는 라울의 발걸음 소리를 들었다. 파울라와 나 우리 둘만 남은 뒤 우리는 서로를 바라보았다.

"이제 우리 뭘 하지?"

파울라가 나에게 물었다.

"이 정신 병원에 남아 살고 싶지는 않겠지?"

"아니지. 자리가 없어. 불법으로 이곳을 점유한 영혼들이 꽉 차 있는걸."

전율이 흘렀다. 말하는 방식과 나를 바라보는 눈길 때문에. 나는 파울라에게 속삭였다.

"나는 여기 있어도 좋아. 너만 함께 있다면."

파울라는 나를 보고 웃었고 나는 참을 수 없어서 파울라의 입술에 키스를 했다. 길고 달콤한 키스였다. 진짜 사람들의 키스다.

살아 있는 자들의 키스.

우리는 살짝 떨어져서 숨을 쉬고 멍하니 서로를 바라보았다. 가짜 피로 젖었던 얼굴이 말랐다. 나는 웃음을 터뜨렸다.

파울라는 정말 너무나도 멋졌다! 파울라 때문에 정신을 못 차리겠어!

"뭐 이런 장난을! 너는, 너는…… 정말 최고야!"
그리고 우리는 다시 키스했다.

23장
파울라

단 사흘 만에 모두 준비했다. 시간은 그게 다여서 말레나한테만 겨우 도움받을 수 있었다. 말레나에게 계획을 이야기하자 말레나는 신이 나서 손을 비비며 자길 믿으라고 말했다. 말레나 역시 때가 오기만을 기다리고 있었다. 사실 말레나의 말이 생각을 많이 하게 했다. *복수는 차갑게 해서 먹는 요리야.*

말레나의 말이 정말 맞았다!

우리는 모든 것을 계산했다. 가능한 한 각각의 모든 장면들을 계산했다. 물감과 옷, 확성기를 비롯해 연극에 필요한 소도구들을 산 후 작업에 착수했다. 이렇게 열심히 노력했던 적이 없다. 나에게 항상 게으르다고 말한 사회 선생님이 보았으면 놀랐을 것이다. 하지만 이렇게까지 동기 부여가 되었던 적도 처음이었다.

나는 정말로 라라가 지긋지긋했다. 라라는 내 모든 것에 간섭했다. 이미 여러 해 전부터 나는 라라를 친구로 여기지 않았다. 라라는 다른 사람들 전부를 괴롭히는 독재자로 군림하고 있었는데 특히 나에게는 더했다.

처음에는 나에게 샘을 내서 그러려니 생각했다. 믿기지 않았지만 사실이 그래 보였다. 완벽한 금발 머리에 키도 크고 똑똑하고 자신감 넘치는 라라 같은 애가 왜 나 같은 애를 질투할까? 아마 내가 외모나 인기 등 라라는 꼭 필요하다고 생각하는 피상적인 것들에 전혀 신경을 쓰지 않는 점이 라라의 신경을 거슬렀을 것이다. 내 꾸미지 않는 태도가 그녀를 화나게 한 것 같았다. 라라가 나에게 항상 화가 난다고 말했지만 나는 웃고 넘겨버렸다. 사실이 그랬다. 난 내가 키가 크지 않다는 사실이나 편안하게 짧게 자른 머리카락이나 짧게 자른 손톱, 화장을 하지 않은 얼굴, 납작한 구두, 낡은 옷, 이런 것들에 전혀 신경쓰지 않는다. 나는 편해서 좋은데 라라는 그런 내 모습을 보고 뭔가 불안했던 것 같다.

"너 화장 안 해?"

그날 밤에 우리가 함께 나왔을 때 라라가 묻더니 말을

이었다.

"나는 화장 안 하고 나오면, 그러니까, 음, 발가벗은 느낌인데."

이상하다. 하지만 그건 라라의 잘못도 아니고 내 잘못도 아니다. 나는 결코 라라와 경쟁을 하고 싶었던 적이 없었고 라라에게 상처를 주고 싶었던 적도 없다.

그러나 라라가 알레호에게 안달이 나서 미겔과 라울의 도움을 받아 알레호를 괴롭히기 시작했을 때 나는 화가 머리끝까지 치밀어 올랐다. 제일 먼저 말레나를 괴롭히더니 이제는 알레호다. 무슨 이유로 그들을 공격할까? 라라가 괴롭히기로 작정한 그 둘의 공통점이 무엇일까?

나다.

그들의 유일한 범죄, 라라의 매력 앞에 굴복하지 않아서 라라를 모욕한 것 말고는 그들이 나에게 다가왔다는 것이 다였다는 게 의심스러웠다. 먼저 말레나. 우리는 관심사와 취미, 그리고 삶을 바라보는 방식을 공유하기 시작한 뒤 좋은 친구가 되었다. 그러고 나서는 알레호. 내가 말하기 쉽지 않지만 알레호는 우리가 알게 된 순간부터 나만 바라보았다고 확신한다.

지금은 라라가, 내가 더 이상 그 애와 친구이기 싫어한다는 사실을 결코 받아들이지 않았다는 걸 이해한다.

　나는 라라에게서 멀어져서 말레나와 알레호를 괴롭히는 것을 모르는 척했다. 혀를 깨물면서 아무 말도 하지 않았다. 그러다 가엾은 알레호의 옷을 숨기는 도를 넘은 일이 생겼던 것이다. 그건 너무나도 도를 넘은 말도 안 되는 일이었다. 물방울이 모여서 잔을 넘치게 한 것과 같다. 그럼에도 라라는 내가 스키 캠프를 가지 못하게 해서 결정적으로 자기 명줄을 재촉했다. 참는 건 거기까지였다. 그때부터 나는 계획에 착수했다.

　나는 적절한 순간을 기다리며 다시 그녀의 친구가 된 척했다. 그 순간은 곧 다가왔다. 라라는 나에게 공범이 되자고, 알레호에게 내가 결코 들어본 적 없는 말도 안 되는 장난을 치자고 제안했다. 엽기적이고 잔인하고 뒤틀린 계획이었다. 라라는 내가 알레호를 배반함으로써 알레호가 죽을 만큼 상처를 주기를, 알레호의 마음을 산산조각 내기를 원했다.

　얼마나 영리한 아이인지!

　그녀의 계획은 완벽했다. 만일 성공한다면 단 한 방으로 몇 마리의 새를 죽일 수 있었다. 인터넷에 그들의 장난을 올려 급속히 퍼져나가도록 해서 화제를 독점하는 것,

가엾은 알레호를 무너뜨리는 것, 그리고 무엇보다 나를 알레호에게서 멀어지게 해서 날 혼자가 되도록 고립시키고 그 애 마음대로 하는 것. 틀림없이 내가 결코 들어본 적 없는 가장 사악한 계획이었다. 물론 나는 기쁘게 받아들였다. 기회가 온 거니까.

나는 알레호에게 거짓말을 하고 그런 방식으로 괴롭혀야 한다는 사실이 마음 아팠다. 그러나 나의 최종 목표를 이루기 위해서는 필요한 희생이었다. 괴롭힘에서 알레호를 해방시키고 저 집단에 복수를 하는 것이다. 알레호와 말레나, 나, 이렇게 셋이서 말이다. 우리 셋은 피해자였다. 그래서 상황을 완전히 돌려놓을 모든 권리가 우리에게 있었다.

가엾은 알레호. 그 어두운 곳에 감금시키고 혼자 남겨놓은 지 한 시간도 채 안 되어 내가 다시 병원으로 알레호를 찾으러 갔을 때, 나는 손전등을 비추고 손을 내밀어 그 애가 일어나도록 도와주었다. 알레호는 완전히 쇼크 상태에 있어서 나를 알아보지 못했다. 몇 분이 지나서야 반응을 하기 시작하더니 겨우 자신이 살아 있고 내가 알레호를 돕기를 원한다는 사실을 이해했다. 그 다음부터는 나의 공범이 되어 같이 계획대로 밟아나가자고 설득하는 데 전혀 힘이 들지 않았다. 알레호 역시 우리의 계획에 참여하기를 원했다.

그러는 동안 말레나는 미겔 모르게 훔친 열쇠를 이용해 미겔의 집에 들어가서, 피에 젖은 수건을 남겨놓고 거울에 메시지를 써놓았다. 김이 가득 차면 메시지가 보이게 될 것이다. 모든 일이 순조롭게 진행되지는 않았다. 기절할 것 같은 순간들이 있었다. 미겔은 우리 생각보다 훨씬 더 늦게 방에 도착했고 우리는 미겔을 라라의 집에서 떠나게 만들 방법이 없어서 한참을 고민했다. 나중에 알게 된 일이었지만 그들 둘은 다투기만 했다. 웃음이 나서 죽을 뻔했다. 말레나가 라라의 폰에 위치 추적 앱을 설치해놓았다. 그런데 자기가 똑똑하다고 생각한 미겔도 라라에게 똑같은 일을 했던 것이다.

우리는 역할 분담을 하고 다시 일에 착수했다. 일급 배우로 거듭난 알레호는 자신이 죽은 장면을 연출하는 일을 맡았다. 내가 라라를 속여서 다시 정신 병원으로 돌아가도록 설득하는 동안 가짜 피를 뿌리고 내가 인터넷에서 다운받은 영혼의 소리를 틀어놓고 낙서도 했다. 라라의 집으로 간 나는 아드레날린이 넘쳐 나는 걸 느끼며 오스카상을 받을 만한 연기를 했다. 라라가 나를 의심할까, 알레호의 시신이 가짜처럼 보일까, 피가 묻은 공, 얼어붙은 손, 수납장, 빛, 발자국, 가짜 목소리 등이 너무 꾸민 듯 보이지 않을까 걱정했다. 그러나 잘 넘어갔다.

모든 것이 우리가 기대했던 것보다 훨씬 잘되었다. 왜냐하면 공포는 바이러스와 같아서 전염되기 때문이다. 공포는 눈앞을 가리고 이해력을 흐리게 하고 눈이 멀게 만들기 때문이다. 공포가 그들에게 너무 효과적으로 스며들어서 그들은 어떻게 영혼들이 와츠앱에 메시지를 보내고 유튜브에 공지를 올릴 수 있는지 궁금해할 수조차 없었다.

그들은 너무나도 두려웠던 나머지 모든 것을 믿어버렸다.

예상했던 대로 패닉에서 공포로, 비난으로, 그리고 마지막으로 죄책감으로 이어졌다. 서로에게 상처를 주었고 라라는 기대를 저버리지 않고 달콤라라라는 자기 캐릭터에 충실하게도 마지막까지 잘 버텼다. 내가 엔리에타의 유령 역할을 하지 않고 피투성이가 된 알레호가 마지막에 나타나지 않았더라면 상황이 어떻게 되었을까.

우리는 라라를 압도했고 마침내 라라는 무너져서 평범한 인간처럼 행동했다.

라라의 인간미 넘치는 순간은 그만한 가치가 있었다.

알레호와 내가 소품 상자들을 정리하고 정신 병원에 남은 우리의 흔적을 지우고 난 뒤 가장 궁금했던 점은 라울이 고백 영상을 어떻게 처리할 것인가였다.

유튜브에 올릴 것인가? 올리지 않을 것인가?

우리는 전혀 예상할 수 없었다.

우리가 천재는 아니었지만 이제 앞으로는 모든 일이 전과 같지 않을 거라는 사실은 확실하게 알 수 있었다.

24장
말레나

한 달 후

그 사건 이후에 학교에서는 많은 것들이 바뀌었다. 전에 없는 평화와 평온함이 깃들었다. 이제 아무도 그 스타 삼총사의 놀림거리가 될까 봐 두려워하지 않았다. 이제 그들은 무대 밖으로 밀려났기 때문이다. 결국 라울은 라라의 채널에 고백 영상을 올리기로 결정했고, 그것이 영원히 모든 것을 바꾸었다. 아이러니하게도 입소문을 타고 폭발적으로 주변에 알려진 달콤라라의 채널에는 분노한 구독자들과 다른 학생들의 댓글이 여러 날 동안 계속 이어졌다.

그 주말이 지나고 그들은 평범한 학생으로 돌아왔다.

월요일 아침에 라라가 화장을 하지 않고 운동복 차림으로 나타난 것은 무척 충격적이었다. 라라는 이상하게 조용했고, 복도에서 파울라와 알레호와 마주치자 하얗게 질려서 기절했다. 당연한 일이다. 두 사람이 죽은 줄 아는 상태에서 귀신 둘을 마주쳤으니 말이다. 그래서 쉬는 시간에 우리 셋은 라라에게 가서 사실을 설명해주었다. 우리의 이야기를 이해했는지 모르겠다. 라라는 정신이 나간 것처럼 보였다. 그저 고개만 끄덕이며 용서를 구했다. 그날 이후 라라는 나에게 말을 건네지 않았고, 가끔씩 파울라를 뚫어져라 바라보는 모습이 보였다. 파울라는 그 시선을 이제는 완벽해진 날카롭고 신비로운 눈빛으로 돌려주었다. 라라는 항상 고개를 숙이고 다니며 우리와 마주치지 않으려고 했다.

나는 라라가 태어나서 처음으로 운동복을 입고 화장을 하지 않고 나타난 모습을 보았을 때 그녀가 대단하다고 생각했다는 걸 인정한다. 라라와 같은 인물이 갑자기 화장을 하지 않고 장신구도 하나 걸치지 않고서 수많은 눈들이 보내는 비난의 눈길을 받으며 나타나는 건 무척 충격적인 일이다. 그러나 놀랍게도 아무도 비웃지 않았다. 라라의 매력과 리더십이 커서 대부분의 여학생들은 라라를 힘 있고 페미니스트인 여학생의 롤모델로 삼고 있었다. 그리고 엄청나게 똑똑한 라라는 현재의 상황에 맞게 채널을 수정해서 자연미와 자기 긍정을 추구하는 컨텐츠를 올렸다.

이제 채널 이름은 **진짜 라라**다. 라라는 매일 자신의 걱정거리와 결점들을 그곳에서 아무런 거리낌 없이 쏟아낸다. 여드름과 지방, 털, 사마귀 등으로 가득한 채널이다.

그 채널이 그 어느 때보다 더 성공적이라는 사실은 인정해야 한다.

미겔도 바뀌었다. 미겔과 라라는 바로 그 주말에 관계를 끊었고 그 순간부터 미겔은 라라의 부속품에서 벗어나 다른 친구들과 관계를 맺어나갔다. 그는 새로운 친구들을 사귀었다. 그는 괴짜들과 무척 잘 어울렸고 롤플레잉 게임에 빠져들었다. 이제 미겔은 공상 과학에 관한 책과 카드들을 교환하면서 쉬는 시간을 보낸다. 만화에 나오는 옷을 입고 그의 SNS에 만화 사진과 별난 이벤트 사진들을 올린다. 그가 속한 집단의 사람들은 그를 마스터라고 부르며 우러른다.

그 사건 이후로 라울은 일종의 언어의 홍수로 고통을 받고 있어서 쉬지 않고 지껄인다. 끊임없이, 아무런 필터도 없이 모든 것을 고백해야 할 이상한 필요를 느끼는 듯했다. 불쌍한 녀석은 솔직한 것과 수다쟁이 사이의 차이를 이해하지 못한다. 그래서 친구들이 자주 그의 솔직함 때문에 모욕감을 느껴서 욕을 하기도 한다. 그는 혼란스러운 것처럼 보이지만 행복해 보인다.

하루는 라울이 부모님께서 선생님과 만나자고 했다는 이야기를 나에게 했다. 부모님이 라울 때문에 무척 걱정하고 있는 것 같아 보였다. 왜냐하면 라울이 약을 먹지 않겠다고 했고 학교 공부를 안 하고 웨이터가 되고 싶다고 하는데다 자기를 게이라고 했기 때문이다. 그렇다. 라울은 마침내 옷장 속에서 나와서 솔직하게 커밍아웃한 것에 대해 자부심을 느끼고 있다. 그러나 여기저기서 들려오는 말에 의하면 라울의 부모님은 그렇게 생각이 열린 사람들이 아니라 무척 걱정이 심하다고 한다. 왜냐하면 아들이 집에 들르지도 않고 하루 종일 찰스라는 인간과 함께 지내기 때문이다. 라울이 특별한 친구와 함께 밤에 몰래 나가서 게이 바에 가고 드래그 퀸 쇼를 보고 다닌다고 했다.

그날의 장난으로 우리 모두 바뀌었다.

전에 고래라고 불렸던 나 말레나 역시 예외가 아니다. 이제 그 일당은 더 이상 나를 괴롭히지 않고 나는 나의 길을 간다. 그러나 나는 실망했다. 우리의 계획이 끝나고 나면 파울라와 알레호와 나, 우리 셋이 함께 뭉치게 될 거라고 기대했다. 그러나 현실은 그렇지 않았다. 파울라와 알레호는 그 해의 커플이 되었고 나는 헌신짝처럼 버려졌다.

알레호와 파울라는 한순간도 떨어지지 않고 책상 아래로 손을 잡고 수업을 듣는다. 옆에서 보면 구역질이 날 만큼 사랑에 빠져 있다. 그들은 악당들을 물리친 영웅이 되었다.

모든 것을 바꾼 그 주말에 무슨 일이 있었는지 학교에서는 아무도 정확하게 모른다. 파울라와 알레호가 교내를 주름잡던 애들에게 맞서서 전쟁을 계획했고 이겼다는 소문과 뒷말과 도시 전설이 무성했다. 나는 잊혀졌다. 나의 도움이 없었다면 모든 게 불가능했을 텐데.

유명세는 나에게 중요하지 않다. 잔인한 장난을 계획하고 도운 것에 대한 손쉬운 박수를 구하지도 않는다. 그러나 파울라가 나를 지지해주고 친구로 함께하기를 기대했다. 나를 무시하고 알레호의 손을 잡고 그녀가 어디를 가든 따라다니는 새로운 팬들에게 둘러싸여 아주 꼿꼿하게 걸어가는 대신에 말이다.

아마도 파울라가 우리 중에서 가장 많이 바뀌었을 것이다. 이제는 결코 아무도 괴롭히고 싶어 하지 않던 상냥하고 내성적이고 수줍은 아이의 흔적은 전혀 없다. 그런 파울라가 존재했었나 의심이 들 정도다. 내성적이고 신중한 사람들은 자기들을 똑똑하고 착하다고 생각하게 만든다. 왜 그럴까? 그들도 어리석고 나르시시스트일 수 있고 악의적일 수 있고 자기중심적일 수 있다.

이제 파울라는 자신만의 빛을 지녔다. 파울라는 새로운 친구들과 셀카를 찍고, 모두들 이야기하는 대상이며, 언제나 좋은 친구들과 함께 다닌다. 라라보다 훨씬 더 빛나고 자연스러운 자신만의 스타일에 계속 충실하다. 알레호는 파울라의 손에 휘어잡힌데다 완전히 사랑에 빠져 있다.

그러나 적어도 나는 눈에서 비늘이 벗겨졌다.

여러 가지 일들을 용서할 수 있다. 그러나 나를 자기 생일 파티에 초대하는 것을 잊어버린 것은 용서할 수 없다. 그러고서는 다이어트중인 나를 불편한 상황에 처하게 하지 않기 위해서였다고 따로 만나 고백한답시고 털어놓은 변명은 더 용서할 수 없다. 파울라는 초콜릿과 케이크와 기름기 많은 음식들을 잔뜩 차려놓아야 했다고 했다.

나는 이렇게 변한 파울라의 새로운 모습이 싫다. 라라보다 훨씬 더 교묘하고 더 불가해하고 더 위험하다.

그러나 우리 엄마가 멍청이 같다고 했던 상사에 대해 이야기했듯이 더 높은 탑도 무너져 내리기 십상이다.

파울라도 파울라의 애인인 잘생긴 알레호도 방심하면 안 된다. 얼마 전부터 내 머릿속에는 생각이 하나 빙빙 돌며 조금씩 형태를 갖춰가고 있다. 며칠째 나는 파울라에 대한 생각을 하고 있다. 그렇다. 그 생각을 떠올리면 웃음이 나서 죽을 지경이다.

최후의 장난 말이다.

꿈꾸는섬 청소년문학 05
치외 농담 구역

초판 1쇄 발행 2026년 1월 2일

지은이 마이테 카란사 · 훌리아 프라츠
옮긴이 김정하
펴낸이 고대룡

편집인 김세화
디자인 손현주

펴낸곳 꿈꾸는섬
등록 제2015-000149호
전화 031-819-7896
팩시밀리 031-624-7896
전자우편 ggumsum1@naver.com
홈페이지 https://www.instagram.com/ggum_sum

ISBN 979-11-92352-30-5 44870
ISBN 979-11-92352-02-2(세트)

※ 저작권법에 따라 보호받는 저작물이므로 이 책 내용의 전부 또는 일부를
　재사용하려면 반드시 저작권자와 꿈꾸는섬 양측의 동의를 받아야 합니다.
※ 값은 뒤표지에 있습니다.